U0025954
刮掉鬍子的我與撿到的女高中生
4
しめさば
插畫／足立いまる
角色原案／ぶーた
Kadokawa
Fantastic
Novels

contents

刮掉鬍子的我與撿到的女高中生

4

しめさば

插畫／足立いまる　角色原案／ぶーた

Kadokawa Fantastic Novels

第1話 正當

「你要活得正當。」

這是父親常講的話。

從小到大，我聽了這句話好幾遍。

父親是個脾氣著實溫和的人，而他的人生光看經歷，也沒有任何奇特之處。就讀地方上的小學，就讀地方上的國中，勤勉用功考上學力高的高中，在人們所稱的大學名校金榜題名，學生生活結束以後，就成了公務員。

小時候的我看著父親一邊當公務員一邊扶養母親與我，並沒有想得太困難，還覺得「正當」便是指像他這樣的人吧。

然而，隨著年齡增長，我變得搞不懂「正當」指的是什麼了。

很多時候明明是對方的任性導致吵架衝突，被當成壞人的卻是我；什麼壞事都沒做的同學也會在班上突然遭到霸凌；未成年的群體充斥著不合理。

每當有不明白的事情，我就會問父親：「那是怎麼回事？」父親應該會有明確的答案吧，過去我在內心某處一直是這麼期待的。

然而年幼的我問到那些時，父親答話一向都辜負了我的期待。

「這不好說。」

父親常這麼告訴我。

「由你看來或許會覺得對方有錯，但是那孩子恐怕也有那孩子的道理吧。」

父親回話總是像這樣，讓年幼的我大感混亂。

受害方覺得事情毫無道理可言，而父親每次都對此表示：「對方也有道理在吧。」的確，當中或許有其道理在，就算那樣我仍時時在想：是否該為明顯做錯事的一方撐腰呢？

我不記得那是什麼時候了，內心的不平爆發以後，我對父親這麼說過：

「你不是叫我要活得正當嗎！難道一再重複『這不好說』就是正當的嗎！」

父親面對在晚餐中如此大聲嚷嚷的我，嘆了口氣，並且這麼回答：

「根本沒有事情，是可以保證絕對正當的。」

我記得，自己對他的回答感到詫異。

父親慢條斯理地繼續告訴我：

「有件事比做出正當的選擇更加重要。」

足足停頓了半餉以後，父親接著講出來的話，至今我從未忘懷。

「那就是……要有顆願意保持正當的心。不停地思考什麼是正當的……這很要緊。」

＊

我望著站在眼前自稱是沙優哥哥的男子——荻原一颯，並且感覺到自己背後正冷汗直流。

從沙優的反應來看，即使暫且不談這男的是否為親哥哥，肯定也是跟沙優有關係的人。

對方說要來接她，想必也不是玩笑話。畢竟對方正確找出了沙優寄宿的這個家，還直接登門拜訪。

我什麼都說不出口，一颯就先擱下嘴巴開開闔闔的我，轉而看向屋子裡的沙優喚了一聲。

「妳應該曉得自己不能永遠就這樣耗下去吧。光憑衝動行事總要有個盡頭，妳是不是該回家了？」

沙優聽完一颯的話，在沉默幾秒鐘以後，目光固然有所游移，卻還是對他搖了頭。

「……不要。」

語畢，沙優盯著一颯，再一次開了口：

「我還沒做好……回家的心理準備。」

「妳要講這種孩子氣的話到什麼時候！」

眼前的一颯吼了出來，蓋過沙優所說的話。沙優頓時嚇得肩膀發顫。

「連自己養活自己都辦不到，曉什麼家！還擅自跟我斷了聯絡，我看妳就是一路悠悠蕩蕩才流落到這裡來的吧！這段期間要是有心術不正的人把妳藏起來，妳打算怎麼辦？」

「這……因為吉田先生是好人啊。」

「沙優，大人跟小孩不一樣，要裝成『好人』多得是方法。就算長著一副和善臉孔，誰曉得心裡會有多惡毒的念頭……」

「吉田先生不是那樣的人！」

沙優打斷一颯的話喊了出來。這次換一颯肩膀發顫。我也是第一次目睹沙優對人怒言相向，自然就瞪圓了眼睛。

「不要利用吉田先生來訓我。」

沙優如此斷言以後，彷彿對自己的發言吃了一驚而警醒過來，目光不自然地落到了地上。

目瞪口呆的一颯似乎也隔了幾秒才想起自己要講什麼，因而再度開口：

「……的確，將不認識的人說成心存歹念是我不好。對不起。」

「呃……唉，不會啦。」

對方突然低頭賠罪，使我含糊地回了話。

彷彿禮數已盡，一颯隨即把視線從我身上轉向沙優那邊，又繼續說下去：

「話雖如此，不管妳心裡怎麼想，要繼續蹺家都是有困難的。」

沙優好像從那句話聽出了端倪，便狀似不安地抬起臉孔，並看向一颯。

一颯則跟沙優保持四目相交，緩緩地告訴她：

「……沙優，媽在擔心你。」

沙優聽到那句話的瞬間，眼裡的溫度就下降了，連我都看得出來。我偷偷地瞥了一颯的臉，就發現他的表情也顯得莫名緊張。

「……你那是騙人的。」

沙優用了冷淡得驚人的語氣說道。

「媽才不可能擔心我的嘛。」

說出這種話的沙優眼裡，有部分神情跟她剛在這個家落腳的時候重疊到一塊，讓我的心坎隱隱作痛。

一颯彷彿在慎選用詞，讓視線在低處來來去去了一陣子，然後才緩緩說道：

「……沙優，至少媽正在找妳。媽在為妳操心。」

「為什麼？」

沙優反射性地提問，讓我聽了更覺得難過。

家長為蹺家的小孩操心，對於這一點，從小孩口中出現了「為什麼？」的疑問。光聽這些話，信手拈來就能曉得沙優以往並沒有經歷過普世心目中的親子關係。

「媽根本沒有理由要找我啊。」

「這……」

一颯明顯語塞。

在幾秒鐘的沉默間，我的緊張總算是舒緩了些，跟著便發現一颯始終站在玄關。

「不好意思，講這話像是在打斷你們。」

我一說，一颯和沙優的目光就聚集過來了。

「……請問要不要進來談？」

面對我這句話，一颯思索了片刻——

「……承你好意。」

然後，他如此回答。

＊

我告訴沙優：「幫他倒杯茶。」然後拿著手機到了陽台。

準備到陽台的前一刻，狀似在桌前坐不住的一颯曾問：「請問你是要聯絡哪位？」我便回答：「公司啊。像這樣不請假的話也沒辦法慢慢談吧。」一颯就尷尬似的說：「這樣啊……說得也對。」接著又補上一句：「給你添麻煩了。」

總覺得，這個人應該也不是個壞人吧，我有這種感覺。

當我聯絡公司，表示自己身體狀況欠佳而想請假時，原本還以為會受到勸諫，卻被講了一聲：「你竟然也有健康出狀況的時候，真稀奇！好好休息，然後盡早回來上班。」就交代完畢了。

進公司以來首度裝病請假，輕輕鬆鬆就過關了，讓我心裡感到不可思議。

在沙優來家裡之前，若是有哪天裝病請假，我想我絕對不會原諒自己才對。然而，現在的我卻輕易地將沙優的事擺得比工作更為優先。

無心間，我想起父親所說的話。

『要有顆願意保持正當的心。』

被總是如此囑咐的父親養育長大，我一直都不停地思考自己的行動是否「正當」。

此時此刻，我一樣在思考。

換成前陣子的我，無論有任何理由，應該都不會裝病向公司請假才對。然而，如今我卻深信自己把時間用在沙優身上是正當的，絲毫沒有懷疑。

當我決定把沙優留在家裡時……

我明顯感覺到那是「錯的」，卻又好似忽略了那股念頭，而把她藏在家裡。

不過，越是跟沙優一同生活，我越搞不懂什麼是「正當」的了。

她顯然在過去懷有某種巨大創傷，在那道傷癒合之前就把人趕出去，怎麼想都不正當。話雖如此，一拖再拖地把她留在自己家，感覺到底還是不正當。

儘管沒有個明確的日子，我對沙優總算替同居設下「期限」這件事感到慶幸，同時內心卻也出現了程度相等的糾葛。

該怎麼做才能保住沙優那副自然的「憨笑」呢？光是要思索那一點，答案就好似逐漸埋沒於薄薄迷霧中，讓人越發想不通。

想不通啊想不通——當我這麼想著，明確的期限終於就找上門了。

如今已經沒有時間了，我能幫助沙優，找出對她來說「正當」的做法嗎？

我認為，唯有那才是我應該思考的事情。

第2話　哥哥

「承蒙府上照料沙優至今，請容我先向你致謝。」

一颯喝了幾口沙優倒的綠茶冷靜下來後，便重啟話端朝我說道。

「不會……我想這並沒有什麼好道謝的就是了。」

「哪的話，畢竟我這趟過來探望，原本還擔心她是身處於多麼惡劣的環境。目前看來，府上是相當普通的人家，而你似乎也頗受沙優信賴。」

一颯的用詞略微帶刺，不過從他講的話著實流露出「放了心」的情緒，我只體認到他是由衷在擔心沙優。

做哥哥的有好好地呵護著妳嘛——我如此心想。

以往從沙優講過的話，不時可以感覺到她的家庭環境有狀況，然而日子過到現在，實際上我完全沒有過問那到底是有多糟糕。

因此，當我了解「起碼做哥哥的是站在沙優這邊」之後，當下便安心了一些。

「恕我再確認一次……」

一颯貌似難以啟齒地停頓了幾秒，然後交互看著我和沙優說道：

「你們倆之間，沒有任何不可告人的關係對吧？」

「沒有。」

「不就跟你說沒有了嗎！」

我斷然回答，沙優則是臉紅氣粗地答了話。

我們幾分鐘前才被問過相同問題，也用了類似的反應回話。

不過這對親人而言實在要緊，唯獨這件事就算被問個好幾次，想來也是難免的吧。

沙優在我家落腳之前是有那麼做——這話就無法說出口了，我暗想。

「光是要求女高中生做家事就讓她在家裡藏了這麼久，感覺實非正常人所為……不過關於這一點，真的是謝天謝地。」

「我想……這是理所當然的事情。我個人認為。」

我答道，而一颯露出難以言喻的表情以後，便點了點頭。

「吉田先生，如果大人都像你一樣就好了……」

我不知道該怎麼回應一颯的話，視線就在桌面上亂飄。接著我若無其事地望向沙優，沙優的緊張情緒似乎已經比先前舒緩，也許是我的心理作用吧，她的臉色看起來一副平靜。

片刻之間，安穩的沉默流過，然後一颯便開口：

「那麼，言歸正傳吧。」

沙優和一颯的視線相互交纏了。

「沙優，媽直接交代過我，她要我帶妳回去。」

「……這樣啊。」

沙優的臉色蒙上陰影。

「……不過，她並沒有在擔心我吧。」

「這……」

「沒關係，你不用為我設想。告訴我真正的理由。」

沙優態度沉靜，卻比平時的輕柔口吻更為明確地如此說道。

一颯露出了著實像是滿腹苦水的表情以後，才緩緩地說：

「家長會那邊，似乎開始懷疑她是不是把女兒關在家裡了……」

一颯那句話，讓屋裡靜了下來。沙優和我，都講不出任何話。

「沙優，在妳離家以後，據說級任導師來家裡拜訪過好幾次。唉，那是當然的嘛……媽討厭事情鬧大，就沒有把妳蹺家的事告訴任何人。如此一來，在外人眼中妳就只是拒絕上學而已。」

我和沙優默默地聽著一颯所講的話。「討厭事情鬧大」這句話伴隨著強烈的異樣感，卡在我的心坎裡。

面對女兒蹺家這件事，比起擔心女兒，會先掛懷的是「事情鬧大」嗎？從沙優的發言，我想像過她跟家長的關係應該欠妥，但是她家長的思維，似乎比想像中更難理解。

一颯把目光落在桌面上，並且繼續說了下去：

「當然，級任導師來家裡拜訪好幾次，媽每次都表示『因為我女兒不肯離開房間』就把人趕走了。這種事持續了半年以上……哎，即使遭人懷疑也不奇怪。所以——」

「也就是需要我解開那層誤會，她才希望我回去吧。」

沙優用了寒心至極的語氣這麼說道。

一颯顯得欲言又止，硬是把一口氣吞了回去。隨後，他靜靜點頭。

沙優垂下目光，我不由得蹙起眉頭。

到現在，我對沙優離家出走的理由依舊不明白詳情。可是在那當中，母親應該是一大要因，我曉得的就只有這一點。

為什麼心地如此善良的女孩子，會受到家長用那種方式對待？我想都無法想像。正因為想都無法想像，難免就湧上了怒火。

「為什麼沙優會蹺家，針對這件事——」

回神以後，我已經開了口。兩人的目光朝我聚集而來。

「她的母親，什麼都沒有思考嗎……？」

我把話講完以後，一颯將視線在地板上游移了幾秒鐘，然後才點了點頭。

「……要說她什麼都沒有思考，這我是無法斷言。不過……感覺倒也沒有為此深思。」

他的答覆，讓我忍不住發出了嘆息。

「……關於沙優蹺家的原因，我固然沒有問過她詳情。」

既然母親對女兒漠不關心到這種地步，便能察覺沙優蹺家的原因是出在母親居多吧。

「藉由你剛才提到的那些，大致上就能體會了。」

我所說的話，讓一颯也發出了嘆息，然後回答：「汗顏不已。」

沉默再次降臨於屋內，當我也感受到說不出的遺憾情緒正在胸口打轉而低下頭時，忽然間，我從沙優那邊察覺到視線了。

抬起臉孔，便發現沙優果然也看著我這邊，雙方目光相接。

「怎麼了嗎？」

我一問，沙優間隔了片刻，才露出為難似的笑容，低頭賠了不是。

「對不起，吉田先生，嚇到你了對不對……突然間，提到這些。」

沙優說的那句話，讓我感覺到自己在心裡，忽然湧上了近似憤怒的情緒。

然而，我不明白那股憤怒是對誰而起，更不明白那是什麼樣的憤怒，只好硬是把情緒壓抑在心坎裡，然後深深地吸了氣。

「要說嚇到……妳也一樣吧。」

我設法擠出話語。

「我想……我和妳，在心裡的某處，原本都是認為要等妳做好心理準備，妳才會回去，一切操之在妳。」

「……嗯。」

「只是，我們現在發現那樣好像行不通了。」

我試著盡可能換個簡單易懂的方式來描述情況。不過，整理得越是單純，冒出來的感想越是只有「事不從人願」而已。

沙優也在頷首過一次以後，就低著頭沉默不語。

「沙優她……」

我把視線轉向一颯。

「沙優她……無論如何，都要回家才可以嗎？」

我問道，一颯就為難似的蹙眉，並且靜靜地點了頭。

「家母交代過便不會罷休。不管怎麼樣，我認為她要繼續這樣逃避下去，是有困難的。」

「能不能給她幾天緩衝的時間呢？」

「幾天……？」

我所說的話，讓一颯偏了頭。

我凝視一颯的眼睛，繼續說道：

「之前沙優已經下定決心，有意要做好回家的心理準備。不過，時間看來似乎還稍嫌不足。假如沙優能橫下心，趕在今天就認分答應回去的話，那我想她根本也不會逃到這種地方來了。」

一颯默默地聽著我說這些話。

「所以說，多幾天就好，能不能給沙優一段緩衝的時間呢？我認為……她會需要時間讓想法沉澱。」

我說完以後，一颯就朝著我的眼睛凝視了幾秒，然後悄悄別開目光，並考慮起來。

接著，他緩緩地開口：

「能不能讓我和沙優單獨談一談？我向你保證，不會就這樣急著把她帶回去。」

一颯的表情認真無比，看起來不像在騙我。歸根究柢，這裡固然是我家，當下我們討論的卻是沙優的事，關於要如何處置沙優這一點，決定權顯然是在一颯那邊才對。這種局面下，一颯還特地向我擔保「不會就這樣急著把她帶回去」，應該就是對我還有對沙優付出的最高尊重了。

「……我明白了。」

我想不出有什麼好拒絕的理由，就朝他點了頭。

一颯略顯安心地放鬆表情，然後看向沙優。

「沙優，妳也同意吧？」

「……嗯。」

沙優一臉安分地頷首，並且緩緩站了起來。隨即她似乎發現自己還穿著家居服，就狀似遲疑地朝四下張望，然後問道：「我能不能換過衣服再去？」

一颯面帶苦笑地點頭表示：「我先到車上等妳。」他對我打過一聲招呼後，就離開屋裡了。

房內只剩我跟沙優兩人，沉默再次瀰漫。

「……我、我換衣服了喔。」

沙優生硬地這麼說道，我也生硬地跟著回答：「好、好啊。」

當我坐到床上，面向牆壁時，沙優就俐落地換起衣服了。我聽著衣物窸窣摩擦的聲音，內心有種說不出來的忐忑。

沙優要回家。

原本，那應該是我跟沙優的共同目標。

然而期限一來到眼前，我卻不曉得該如何是好了。

不知道沙優她……沙優她是怎麼想的呢？

「吉田先生。」

當我思考沙優的事情時，沙優便同時叫了我，我的肩膀不禁嚇得發顫。

「怎麼了？」

在我準備回頭的同時，背後就忽然變溫暖了。接著，從視野兩旁，有沙優的手臂倏地冒出，勾住了我的雙肩。我隨即明白，自己被沙優從身後抱住了。

「怎……怎麼了嗎……？」

當我對沙優突然做出的行動感到吃驚時，從腦袋後面，就傳來了沙優的聲音。

「……我是覺得，心裡，有一點……害怕。」

聽了沙優的話，讓我苦惱起來該怎麼回答才好。

「雖然，我之前認為，自己非得下定決心……忽然面臨這種場面……還是會原地踏

步。」

沙優一邊把頭靠在我的頸根，一邊低聲說道：

「我在想……自己果然是軟弱的。」

沙優的那句話，讓我打了哆嗦，並且反射性地握住了沙優繞在自己肩膀上的手。

「不要緊。」

我什麼都還沒有思考就先這麼說道。

「當下，我心裡……也覺得……」

我感覺到自己的聲音在發抖。不過，我認為唯獨這一點要趁現在告訴她。

「……非常害怕。」

說完，我感受到沙優的身體抖了一下。

我緩緩回過頭，跟近在旁邊的沙優目光交接。

「我們是一樣害怕的……所以不要緊。」

沙優帶著發呆般的表情朝我凝望幾秒鐘以後，就恍然大悟似的瞪圓了眼睛。

於是，沙優悄悄離開我身邊。緊接著，她一邊拉開制服的裙褶，一面露出了難以言喻的柔和笑容。

「吉田先生，說真的。」

沙優在此把話打住，換了氣以後才緩緩地說：

「跟你在一起好安心。」

而且，沙優咧嘴換上了比剛才堅強的笑容，彷彿是要笑給我看。

「謝謝你。我過去一趟。」

「……行啊，妳去吧。」

儘管我能分辨她的笑容明顯是在逞強，即使如此，先前的迷惘看起來卻好像消失了一樣。

我目送沙優穿鞋離開家裡，然後深深地吐了氣。

沙優和她哥哥要怎麼辦，兩個人會充分討論過再做決定吧。

剩下的……就是我該怎麼辦了。

我拍響臉頰，並朝著盥洗室走去。用冷水洗過臉以後，我拿起電鬍刀，按下了開關。

*

「那個人……是認真在為妳擔心呢。」

坐在駕駛席的大哥說道。

「嗯。」

我點頭，而大哥微微嘆了氣以後，就冒出一聲：「幸好。」

「原本我不清楚妳是住到了什麼樣的人家裡，光想到心裡就七上八下。畢竟會出於純粹善意就把別人家孩子藏起來的大人可不多。我一直都很擔心，妳會不會落腳在品行惡劣的大人身邊而惹禍上身。」

大哥說的那些話，讓我有些心痛。因為我就是在他擔心的那種「品行惡劣」的大人身邊輾轉流落至此的。

我知道大哥是認真為我擔心，卻在收下大哥出於好意交給我的蹺家路費以後，因為連日在外住宿而花光了那筆錢，還不聽他交代的「錢花完要回來」就直接斷了聯絡，並且遠走高飛。結果就是我失去僅有一次的初體驗，連帶也差點喪失了正常的倫理觀念。

既然大哥查出了吉田先生的住處，感覺他或許也調查過，我是經由什麼過程才會來到這裡，因此我偷偷瞥向大哥的臉龐，不過他只顧盯著方向盤附近，也沒有顯露出想講些什麼的表情。

無論大哥對我這段旅程的細節知不知情……目前，到底是無法跟他談到那些，我心想。

安靜的車內，有股沉默瀰漫了一陣。

「……最近幾乎每一天，媽都會打電話來。她每天都在問，有沒有找到沙優，日復一日。」

「……這樣啊。」

「……如妳所說，我想媽並不是在擔心妳……大概吧。不過……」

「我知道。我知道喔……她的歇斯底里會發作嘛。」

我一說，大哥就露出苦澀的表情，默默地點了頭。

「自從『那件事』發生，媽真的變得情緒不穩。在妳離家出走以後……就更嚴重了。」

那件事——這個字眼，還有母親在我失蹤以後又更加情緒不穩的事實，從雙方面勒緊了我的胸口。

我知道，她並非擔心我失蹤才變得情緒不穩。即使如此，聽到家人精神方面出狀況的消息，我仍沒有薄情到無動於衷。

話雖這麼說，要問我當時是否可以就那樣留在家裡，我想，我還是不得不回答：辦不到。

坦白講，我現在依然不想回去那個家。我的心，並沒有堅強到可以肩負起「那段回憶」，就這樣留在那個家，得不到任何幫助地照樣活下去。

如果我身邊，有像吉田先生那樣的人……

想起那些，我立刻感到洩氣。

我不是向吉田先生宣言過，要做好回家的心理準備而努力至今的嗎？

大哥過來以後，無論我怎麼掙扎，之後都非得回去那個家才行了。即使落到這種地步，我仍起了念頭想找自己以外的人撒嬌。

「沙優，我也會盡可能協助妳。所以，妳先回家一趟比較好。」

大哥盯著我的眼睛說道。

「我了解妳很難受，我了解……可是，總不能永遠逃下去。妳要回歸現實，給身體一段時間好好適應。」

大哥的話句句懇切，可以深刻體會到他本人對我說這些也很難受。他是真的在為我著想，才對我說重話。

儘管我明白那一點……

「對不起……」

從我口中冒出的第一句話卻是如此。

「我還沒有做好心理準備……該怎麼說呢，一開始我只是覺得難受才會逃出來。」

大哥默默地聽著我說話。

「可是，逃出來以後，結果也一樣難受。根本沒有人願意用真心保護我，我覺得自己無論去哪裡都是孤伶伶一個人。然後……我遇見了吉田先生。」

明明我都沒有整理腦中的想法就講了起來，不可思議的是，話語卻從胸口陸陸續續湧現了。連我自己都感到訝異，自己內心的想法正化成明確的言語，並逐步向外釋出。

「是吉田先生讓我發現自己真的好傻，還讓我曉得像這樣一路走來自己喪失了多麼寶貴的東西。於是我才有了觀念……我該怎麼活，是我非得自己好好去思考的……」

我聽見，大哥對我說的話倒抽了一口氣。不知道大哥是懷著什麼樣的心情在聽我說這些。

「該怎麼說呢……我來到了這種地方，會帶著什麼樣的收穫回去？這幾個星期之間……我一直在思考的，就是那樣的問題。而在想通答案以前……」

我一度把話打住，然後看向大哥。我切切實實地，跟大哥對上目光。

「……我不想回去。」

我明確把話講出來以後，大哥顯然有所動搖地從我面前別開了目光。

「是嗎……」

大哥低聲嘀咕，然後搔了搔頸子後頭，再把手擱到方向盤。接著，他顯得有些心神不定，還用擱在方向盤上的手指頭「叩叩叩」地敲起方向盤。

大哥嘀咕似的對我說道：

「妳也稍微……有了改變呢。」

「咦？」

我反問一聲，大哥就面露苦笑，然後改用比先前溫柔一點的嗓音——

「相較於過去，妳表達想法變得清楚多了。」

他如此回答。

大哥講話的臉色顯得很慶幸，讓我感到莫名害臊。

「嗯……或許吧。」

我點頭，大哥就再一次哼聲笑了出來。緊接著，他馬上又擺回嚴肅的表情。

「我明白妳的想法了。但我還是希望妳認清，緩衝的時間並不多。我能爭取到的時間頂多就一個星期而已。」

我對大哥說的話感到吃驚，並且直盯著他的臉龐。

而大哥只是瞟向我這邊，跟我用目光交會。

「拖一個星期的話，可以用『人還沒找到』蒙混過去。但是再長就不行了。媽也曉得只要我認真搜索，這件事就不可能那麼花時間。」

「那是指……」

我注視著大哥的臉龐，他哼了一聲，看都不看這邊地告訴我：

「意思就是妳可以用一個星期的時間好好想清楚。哎……還有，那個叫吉田的人，我知道他是可以信任的了。」

我看著大哥狀似有些難為情地那麼說，就壓抑不住從胸口湧上的激動情緒，撲也似的朝他用身體撞了過去。

「謝謝！」

「唔哇！這樣很危險吧！」

好久沒有觸碰到大哥，他身上果然還是跟以前一樣有著香水味，感覺卻十分溫暖。

有一絲絲眼淚差點奪眶而出，我忍了下來。

*

「我回來了。」

回來的沙優臉上有了幾分沉穩。

「歡迎回來。」

我答道，而沙優欣慰似的笑了笑，然後羞怯地走來客廳。不一會兒，她就在地毯上略顯拘謹地坐下了。

「我可以在這裡……多留一陣子了喔。」

「這樣啊……大約多久？」

「他說……一個星期。」

「這樣啊……」

一個星期。

當沙優的哥哥突然出現時，我滿腦子都在焦慮沙優或許會馬上被他帶回去，不過沙優的哥哥似乎比想像中還要優先替沙優著想。

由我來思考這些倒也有種不知分寸的感覺，然而，現在我放心多了。

「那麼……剩下一個星期，妳得用自己的方式努力才行。」

我說道，而沙優緩緩地點了頭。

「嗯……該思考的事，我會仔細去深思。」

「那就好。」

對話就此結束，沉默持續了一陣子。

然而，沙優的模樣實在不對勁。她貌似有話想說地朝這邊看來，接著立刻就垂下目

光。如此反覆了好幾遍。

「妳怎麼了？」

看不下去的我出聲喚道，沙優便嚇得肩膀哆嗦。

「沒有，呃……」

「嗯？」

沙優將嘴巴開開闔闔幾次以後，才下定決心似的說道：

「……我是在想，你都不會問嗎？」

「問什麼？」

「……關於，我過去的事情。」

沙優說的那句話，讓我緩緩地吸了氣，然後吐出。

至今為止，我一直都刻意避免，去問她那一點。

「……妳希望我聽嗎？」

我慢條斯理地如此問道，而沙優嚥下口水以後，點了頭。

「希望你能聽我說。關於……我以前的事情。」

我有種全身為之緊張，接著又慢慢地逐漸放鬆的感覺。

沙優她，終於主動向我提起了。那真的……讓我很高興。

「我明白了，我會聽的……妳說給我聽吧。」

我打算盡可能應對自然，回神以後卻發現聲音有些發抖。

總不會被發現聲音在發抖吧？我抬起原本低垂的目光看向沙優，而沙優一邊對我投以惡作劇般的目光，一邊露出了賊笑。看樣子，好像都被她聽出來了。

「抱歉……我也有點緊張。」

再掩飾也於事無補，我轉了念頭向她坦承，沙優也跟著點頭如搗蒜。

「沒關係。因為我一樣在緊張。」

沙優說著就到我身旁重新坐了下來。

「那……我要——」

沙優原本應該是想說「我要講嘍」，就被再度響起的門鈴聲打斷了。

「這次是誰啊……」

「會不會又是大哥呢？」

坐在靠玄關那邊的沙優準備起身，但是我予以制止並走向玄關。

我想並沒有那麼多不速之客會找上門，然而我不記得有委託業者送貨到府，門鈴卻被人一再按響，就算家裡只有我一人也會覺得狀況很可疑。

我開啟門鎖，慢慢地打開門。

「早！我來打擾哩……這不是吉田仔嗎，你怎麼會在家？」

「搞什麼，原來是麻美啊……」

「講這什麼話嘛。你今天放假喔？」

「我請假了啦。」

「哦～為什麼？」

「因為……」

我望向後面的沙優，而沙優正朝著從門縫探頭的麻美揮手。

擅自說明內情不知道妥不妥當？心生猶豫的我重新面對麻美那邊。

「哎，出了點狀況……接下來我跟沙優要談重要的事，不好意思——」

麻美眨了眨眼睛，而我一面感到過意不去，一面準備要送客時，沙優就從房裡走過來，拍了我的肩膀。

「嗯？」

「沒關係。也讓麻美進來吧。」

「咦……這樣好嗎？」

「嗯……我希望讓麻美聽。」

沙優所說的話，使得麻美交互看了我跟沙優，然後偏過頭。

「怎樣，什麼狀況啊？」

「……哎，詳情進來再說吧。」

既然沙優說可以，我也沒有理由阻止。

麻美對狀況並無頭緒，卻還是看得出我們的樣子明顯跟平常有異這一點，就戰戰競競地走進玄關，脫掉了鞋子。

回到客廳後，沙優、我、麻美便保持微妙的距離重新坐下。

我覺得好歹跟麻美解釋一下狀況會比較好，向沙優確認過以後，我才對麻美說出了今天發生的事情。

剛開始麻美曾露出訝異的臉色，到後來卻始終一派冷靜地聽著我講話。

「原來如此……唉，那麼——」

麻美好似在選擇用詞般視線細微地晃動，然後緩緩說道：

「再過一個星期，沙優妹仔就要回家了對吧？」

「……嗯。」

麻美看沙優安安靜靜地頷首，就吸了一大口氣，背對著床躺上去。

「這樣喔，感覺好落寞耶！」

麻美用開朗的語氣如此說道，還將雙腿上下擺來擺去。

即使在這種狀況也不會一臉凝重，反而還能表現出開朗，我覺得麻美真的就是成熟在這裡。

從床上猛然起身的麻美凝視著沙優，並且告訴她：

「……不過，既然朋友說要面對過去，要是我不為她加油，朋友就是當假的嘛。」

沙優對麻美的那句話一瞬間屏住了呼吸，然後才帶著些許的鼻音點頭說：「嗯。」

我看著她們倆互動的模樣，心裡不免慶幸還好麻美有來家裡。

光由我一個人聽沙優談往事，心思不夠細膩的我或許也無法靈活應對，只會讓氣氛變得越來越沉重而已。

我瞥向麻美手上，就發現她帶了塞滿參考書的肩背包。大概是來找沙優一起念書的吧。雖說是巧合，幸好麻美能在這時候過來……以結果而言沒能讓她念到書，挺抱歉的就是了。

「……沙優妹仔，我準備好聽妳講嘍。」

麻美緩緩說道，房裡的氣氛便再次緊繃了。

「沙優……我也可以了。」

我跟著點頭。

沙優先是靜靜吸氣，再慢慢地吐出。

「……嗯。那麼……我要講嘍。關於以前的事情。」

我感覺到……沙優身上的氣息悄悄改變了。

她的臉色固然沉穩，卻讓我產生了有某種沉重氣場纏繞在背後的錯覺。

「高中二年級時……我過得很孤獨。」

沙優慢條斯理地說了起來。

第3話 教室

讀高中以後，我最先體會到的是「窒息感」。

教室裡充斥著時時都在律動的能量，看似無限而有限的能量是按班上人數來分配。感覺大家都拚了命地在互相搶奪，就看自己能分配到多大的比例。

我從以前就不擅長努力。

因為媽媽不喜歡我，無論我再怎麼努力、留下什麼樣的成果，她盡會誇獎大哥，完全不肯誇獎我。得不到最親近的「家人」誇獎，我在這種環境根本找不出努力的理由。

讀小學、國中，我都還算努力，拿到還算漂亮的成績，高中也考得還算理想。

於是，成為高中生以後，我才在那個時候發現，自己跟其他同學身上的「光彩」有所不同。

我什麼都不在乎。好比自己在班上的定位、被誰喜歡、被誰討厭，我失去了讓心情隨之起落的樂趣。

當我發現自己跟那些人有某種決定性的差異以後……在那樣的環境裡，自然也就提不起力氣跟人開開心心地來往。

讀一年級時，我是落在交不到什麼朋友，卻也沒有被誰討厭的定位。對此我何止沒有不滿，還覺得這比走進其他同學之間的耀眼人際關係要好得多。

無論隔年或後年，我都要死守這種定位，讓自己過得輕鬆——如此心想的我讀完了一年級，事情卻沒那麼順利。

升上二年級的春天，我被某個男生告白了。

那個男生，是從一年級就渾渾噩噩沒跟人好好相處過的我，都記得叫什麼名字的風雲人物。印象中他還參加了籃球隊，而且從一年級就當上正選球員，在女生之間蔚為話題。

而我不知道為什麼，正是被如此受人歡迎的男生告白了。

「我從一年級的時候就一直喜歡妳了。」

被他這麼說，我掩飾不了訝異。

明顯身處班上中心的他，居然會去注意在班上過得那麼邊緣的我。而且，我甚至沒有察覺到有那種視線。

當時的我，曾經把戀愛這件事完全當成了「麻煩」。

有關戀愛的傳言轉眼間就會蔓延，因此即使我自己不加入嚼舌根的圈子，光聽班上

女生大聲討論，就能了解誰跟誰交往，還因為相處不順而分手，像這類的詳情。單純變成話題焦點，感覺是沒有什麼大不了。

不過，女生可怕的地方在於，一聊到「誰跟誰在交往」，往往就會進一步去評論「雙方相不相配」這種莫名其妙的事。

在校園種姓階級制度屬於頂層的人，跟同屬頂層的人交往就能讓周遭服氣，對此感到不爽的人也比較難出現。

在我看來，會覺得既然雙方互相喜歡，誰要跟誰交往是他們的自由吧？不過事情似乎並沒有那麼簡單。

考慮過那方面的諸多因素以後，當時我的結論是這樣：

「……對不起，我對戀愛不太了解。」

我選擇不會得罪人的說詞，拒絕了他的告白。

畢竟在教室裡當邊緣人的我，要跟明顯屬於頂層階級的他交往，感覺怎麼想都會造成不必要的風波。

更何況，當時我真的不太明白，戀愛是什麼感覺。

我出於那兩個理由拒絕了他的告白，之後，我痛切體認到自己有多麼粗心。

「悠月喜歡齋藤，這件事妳是曉得的吧？」

齋藤，就是之前跟我告白的男生。悠月，則是跟我同班的女同學。

在我拒絕掉齋藤同學的告白後，過了幾天，悠月以及跟她要好的兩個女同學，就把我叫到了人影稀少的樓梯間。

悠月感覺上一向都是班級中心人物，住在光鮮亮麗的世界。她長相好看又會運動，因此頗受男生歡迎。我本身也從一年級就跟她同班，因此每幾個月就會耳聞一次「悠月又被人告白了耶」這樣的傳言。

而悠月喜歡的人，據說是齋藤。

妳曉得吧？即使對方這麼問，坦白講我也只能回答「不曉得」，所以我就實話實說了。

然而，悠月似乎不滿意我的回答。

「呼嗯……原來妳不曉得啊。」

「嗯……」

感覺悠月似乎對我被那個男生告白很不滿，我便決定立刻跟她說清楚整個告白的來龍去脈。

「可是，我拒絕了啊。」

我說完以後，悠月立刻就怒目瞪來，把我的話撇到了一邊。

「那我知道啦。」

「那、那為什麼……」

為什麼我會被叫來這裡啊？我心想。

她喜歡齋藤，既然如此，我拒絕告白反而對她有利吧？

悠月斬釘截鐵地對著這麼思考的我斷言：

「妳居然敢拒絕齋藤的告白，這就叫不知好歹。」

當我聽完她的話而感到一頭霧水時，上課鐘聲響起，那三個人講完想說的話，也就離去了。

我花了幾天才理解她話裡的意思，然而思緒跟上的時候，我在班上已經受到完全孤立了。

我本來就沒有朋友。

可是，都沒有人敢靠近，明顯得足以讓我感覺到，自己是「刻意被孤立了」。班上那些同學，開始會以露骨的形式避著我了。

我不曉得對方散布了什麼流言。不過，從班上同學扎過來的視線，顯然可以看出肯定是被傳成「我做了壞事」這類的謠言。

本來就沒有朋友的我，自然也找不到人打聽流言的細節。

有幾個月，我都過著孤獨的學校生活。

話雖……如此。

老實說，要問我這樣過是否難熬，那倒也不。

以往都是我主動選擇落單，現在不必主動也能如願了，狀況就這樣而已。

事情並沒有像戲劇或漫畫那樣，演變成把我的私人物品藏起來，或者對我動粗之類的霸凌。我只是在班級的圈子裡，遭到同學全面忽視罷了。

狀況剛有變化時，我曾經想過：事情麻煩了耶。然而經過約一個星期，我已經無所謂了。

只要成績好，媽媽便不會對我在學校的狀況多追究。

沒什麼特別困擾的。

而那個女生，就在每天都散漫地懷著這種念頭過日子的我面前出現了。

第4話
朋友

「妳為什麼會那麼帥氣呢？」

暑假已近，讓人覺得在樓頂吃午飯挺悶熱的某一天。

突然上來樓頂找我講話的人，是名叫真坂結子的女生。

她將長髮編成了兩條辮子，還戴著土土的黑框眼鏡。

我只記得，結子也是從一年級開始就連續兩年跟我同班，除此以外倒沒有什麼印象。結子在班上的存在感薄弱無比，連我都想不起來，跟她處得好的人有誰。

如今回想，我對她的印象是適當的，應該說在所難免，因為結子也跟我一樣，在班上都沒有朋友。那我當然不可能想起她跟什麼人處得好。

「沙優，我一直都在看著妳。」

「……一直？」

「對，從一年級看到現在。」

結子擅自坐到我旁邊，並且說道：

「其他同學好像都覺得，活著一定要有人作伴才可以，隨時會找個伴假裝很要好。沙優，妳卻好像真的不怕自己孤單一個人。」

我茫然望著結子眼神閃亮地如此道來的臉龐。

「即使班上同學害妳落單，妳也完全沒有改變。我反而覺得，獨處的妳看起來比較耀眼。」

結子快言快語地說完後，就用眼鏡底下的圓圓雙瞳盯著我。接著，她又拋來了跟最初一樣的問題。

「妳為什麼……會那麼帥氣呢？」

「呃……要問為什麼，我也答不出來耶。」

自己並沒有起過「獨處才帥氣」的念頭，而班上居然有一個人用那樣的眼光看待我至今，我更是全然不知情。

而且，除了最基本的互動之外，我在學校有很長一段時間沒跟人講話，心裡便緊張起來。

我沉默不語，結子就伸手拉了我的制服袖子。

「請問……如果可以的話——」

結子一改先前那種激動的講話方式，用了微微發抖的嗓音開口：

我抬起原本低垂的視線，跟結子對上目光。

「妳能不能，跟我當朋友呢？」

她的聲音有幾分急切，甚至讓我覺得那近似於示愛。我對那種語氣及視線的熱情感到心驚，於是在沉默幾秒鐘以後——

「……可以是可以啦。」

我勉強對她做了這樣的答覆。

＊

在學生生活第一個交到的朋友，非常黏人。尤其是對我。

她每節下課時間都會來我的座位，漫無邊際地閒聊。每天午休都會一起到樓頂吃午餐，放學也是每天一起走。

原本我以為孤單也沒關係。不，實際上，以往我都沒關係。我從來不曾對孤單感到難受。

可是，有結子作伴以後，我體會到跟人用對等立場講話的樂趣了。

「沙優，我一直覺得妳的臉龐好帥氣耶。」

我想我不會忘記，結子在某天午休，忽然說出來的這些話。

「妳的臉笑起來是最迷人的。」

猛一想，我覺得自己以往好像都不太會「笑」。頂多只有小時候，純真到尚未察覺各種桎梏的那段時期可以另當別論。可是，在我逐漸知覺自己所處環境的過程中，笑容就從我臉上消失了。

見不到父親。

得不到母親疼愛。

唯一會關心我的哥哥，繼承了父親公司的董事長之職而忙碌不已，無法分太多時間給我。

我再怎麼努力，母親也不會認同。

即使跟別人變得要好，我也不能出門玩耍。

累積起來的盡是令人難受的現實，我的喜怒哀樂就漸漸地淡了。

在跟結子相處的日子裡，我慢慢找回了笑容。原來我可以笑得這麼自然——我也曾如此感到慶幸。

即使當上了高中生，母親加諸於我的家規依舊嚴格，因為放學後禁止非必要的外出，我除了在學校的時間之外都不能跟結子玩。

可是，只要到學校就能跟結子見面。

能見到她的學校生活，快樂得不得了。

……不過，如此快樂的生活，也沒有持續多久。

＊

最先讓我感覺有異的，是看待我跟結子的視線。

先前我就有感受到被人避開或嘲笑的氣氛。那也難怪，在融入班級的眾人眼中，我和結子看起來只像「沒朋友的人同病相憐」吧。

我以為自己對那種氣氛已經適應了。

不過，以某個時期為界，那些人的目光就變得更加陰險，彷彿帶著讓人感到鬱結的濕氣了。這部份太偏於感官，因此我找不到恰當的詞來形容實際上發生了什麼變化，但是我確實有體認到那些。

接著我發現到，結子的模樣不對勁。

她下課時來找我的次數，變得越來越少了。而且，就算偶爾來我這邊，她也會有所畏懼似的一邊四處張望，一邊跟我講話。

我心想，有什麼地方不對勁。

某天午休，我在樓頂試著想跟結子問清楚。我一直有不好的預感。

「欸，結子。妳最近是不是怪怪的？」

我問道，而結子明顯心生動搖地東張西望以後，對我搖了搖頭。

「不會啊，沒什麼啦。」

「騙人。妳最近下課來找我講話的次數變少了，感覺樣子也不太對勁。是不是有人對妳做了什麼？」

當我拋出疑問時，對於心裡的異樣感，就逐漸變得有把握了。

結子恐怕是在我看不到的地方，受人騷擾了吧。我猜那肯定足以讓結子本人情緒沮喪，使得跟我相處這件事本身，也對她造成了負擔。

「……呃，沒有啦，沙優……真的沒什麼好擔心的。」

「妳聽我說。」

我用手從左右兩邊夾住結子的臉，讓她面對我。跟我對上眼的結子曾有一瞬間狀似害怕地別開了目光，卻立刻就認命似的默默跟我用眼神交會了。

「告訴我真正的狀況。我會仔細聽的。」

我慢條斯理地說道，而結子將嘴巴開開闔闔幾次以後，眼裡就突然泛淚了。

撲簌簌湧出的眼淚讓我隨之困惑。

「咦？結子，妳怎麼，哭了？咦？」

「對不起……我並沒有想哭。」

並沒有想哭卻流了眼淚——那症狀不就更嚴重了嗎？我一邊心想，一邊從裙子口袋裡拿出了手帕遞給結子。

結子的眼淚遲遲未停，結果她就放聲哭了出來。

我輕撫結子的背，直到她情緒鎮定，結子便斷斷續續地開始訴說。

如我所料，結子受到了悠月那群人的騷擾。

而且，那比她們之前對我做的更過分。

每次去洗手間，她們就會刻意講壞話讓結子能清楚聽見；還說結子跟我感情要好是在當「跟屁蟲」；最近似乎連教科書或文具都會不翼而飛。

光從內容聽起來，簡直幼稚到讓人懷疑是小學生在霸凌，而我姑且對她們並沒有施暴這一點放了心。可是這些騷擾對於結子內心的平穩，究竟侵蝕有多深，我只能用想像的而已。足以讓她哭泣，滋味絕對不可能好受。

「沙優，因為我不像妳那麼堅強，光是受一點騷擾就會非常沮喪……還很害怕。」

「那樣說就錯了。我又沒有受到那麼明顯的騷擾。」

我常常覺得，結子對我懷有的幻想稍嫌多了點。

我並沒有結子所想的那麼堅強。儘管她把我講得像「孤傲的存在」，我卻沒有對孤單感到自豪過，更不是因為「相信那樣比較棒才讓自己保持那樣」。我只是不排斥獨處，如此而已。

「為什麼結子非得被她們那樣對待……」

那一點直教我感到不可思議。

悠月感到氣憤的對象是我才對。明明如此，為什麼受到騷擾的人卻不是我，而是結子？

我把疑問說出口，而結子略顯自嘲地揚起嘴角以後，緩緩吐了口氣。接著，她用有所顧慮的眼神看向我。

「沙優，我想妳大概真的沒發現就是了。」

結子先如此說了一句，才繼續講下去：

「沙優，妳的臉蛋真的好漂亮，舉手投足也很帥氣。」

「咦？」

「再怎麼樣，妳看起來都不像是『壞人』。無論怎麼帶風向，就算可以把妳塑造成『難親近的人』，也沒辦法把妳塑造成『該被大家修理的壞人』。」

「等一下，那是什麼意思？」

結子將目光落在地上，並且比平時多了幾分流暢地繼續說道：

「從那一點而言，我既樸素，臉又長得不好看，還有『陰沉咖』這種方便的詞可以輕易修理我。而我老是黏著妳，才會被講成跟屁蟲……不過，她們那麼說也沒錯。」

「才沒有那種事！」

我幾近用喊的，打斷了結子所說的話，而結子驚訝似的睜大眼睛。對自己扯開嗓門這件事，我也感到訝異。可是，我認為還有更重要的事非得向結子表達才行。

「結子，妳才沒有道理要被人講成那樣，也沒有道理要被人那樣對待，妳不能接受啊……」

我一邊擠出話語，一邊體認到視野正逐漸模糊。

我感到不甘心。

「結子……因為妳是我第一個交到的朋友啊……」

自己害朋友受到了騷擾。在這之前自己完全不知情，還過得悠悠哉哉。面對那些不講理的多數派言論，結子已經打算屈服了。

這一切，都令我不甘心。

出生到現在，我第一次因為不甘而落淚。鼻水快要流下來，我急忙在口袋裡摸索，這才想到我的手帕是在結子手上。

我不想讓結子看見自己涕淚俱下哭得一團糟的臉而把臉低垂，整齊摺好的手帕就悄

悄地遞到了我的眼前。那是結子的手帕。

「給妳用。」

「……嗯。」

我借了結子的手帕，在擦過臉以後，互相用對方手帕的狀況突然讓我覺得很逗，我便嘻嘻地笑了出來。

結子看我那樣，也跟著笑了。

「果然。」

結子用鎮定的語氣告訴我。

「沙優，妳要笑才比較可愛。」

「……那妳也一樣啊，結子。」

「……嗯，謝謝妳，沙優。」

我們倆摸了摸彼此的頭，總算露出了笑容。

「結子，有什麼煩惱就全部跟我說。我絕對不會辜負妳的……一起奮鬥吧。」

「……嗯！」

誰會輸給她們啊，我心想。

我也想幫忙，設法為結子改變狀況。就算狀況一直沒有改變，我跟結子兩個人也絕對要擺脫掉她們，就這麼辦。

我如此下定決心。

……然而，或許當時的決心，正是我鑄下的敗筆，如今我這麼認為。

不，我現在仍然不明白要怎麼做才是對的。

不過，那時候的我肯定是「做錯了」。

我能肯定的，就只有那一點。

第5話 樓頂

某天午休，在我從教室前往的樓頂途中，結子說：「我要去洗手間，所以妳先去樓頂吧。」

我點頭以後就先到樓頂等了，等了約二十分鐘，結子卻還是沒有出現在樓頂，因此我難免覺得擔心。雖然也有可能只是她肚子不舒服，但考慮到前一刻並沒有那種跡象，我便心想她會不會又受了什麼麻煩牽連。

在負面預感驅使下，我去了跟結子分開時位置較近的洗手間。從結子走掉的方向來想，距離最近的洗手間只有那一處。

一接近廁所，就可以聽出裡面有好幾個人的聲音。不好的預感變得更強了。

我使勁打開洗手間的門，便發現洗臉檯前有一個女生，正在跟幾個女生組成的小團體對峙。

雙方的成員正如所料，落單的是結子，小團體則是悠月跟平時那些人。

使勁打開的門讓她們分了心，全都看向我這裡。

悠月略顯尷尬地板起臉孔，而結子不知為何，鬼鬼祟祟地從我面前別開了目光。

「……妳們在做什麼？」

自己發出的聲音比想像中還低沉，令我訝異。

不知道是不是我的講話音調讓悠月慌了，她一反平時的大嗓門，用了小小的聲音回答我。

「沒什麼啊……我們只是聊一聊而已。」

「三個人圍著她聊？還聊了二十分鐘以上？」

「有哪裡不好嗎？」

單方面讓人逼問似乎有損悠月的自尊心，她就用了瞪人般的惡狠狠眼神回嘴。我也不服輸地回望悠月的眼睛。

「因為我跟結子講好要一起吃午餐。妳們拖得太久會造成困擾。」

「……是喔。」

悠月露骨地嘆了口氣之後，便轉向結子那邊。

「那妳就去啊。」

「好、好的……」

結子畏畏縮縮地從悠月和我面前走過，並且離開洗手間。我也打算跟著離開，悠月

就從後面出聲叫了我。

「我說啊。」

「……怎樣？」

「……再怎麼缺朋友，也不用找那種陰沉咖作伴吧？不然，我可以讓妳加入我的圈子啊。」

悠月說的那句話，讓我感覺到自己的體溫彷彿瞬間上升。

看來，這個女生當真認為，我是「出於妥協」才會跟結子交朋友。大錯特錯。

「我沒有朋友也無所謂。即使如此，結子仍願意用對等的立場跟我講話。妳別把我的朋友說得那麼不堪。」

我一口氣這麼講完，悠月頓時退縮似的收斂了臉色，然而她立刻又發出嘆息，還朝著我拋來陰狠的視線。

「呼嗯……這樣啊。」

悠月說了那句話之後，她後面的跟班不知為何都跟著嘻嘻笑了出來。

我心裡很不舒服，離開了洗手間。

結子正一副不知所措地站在洗手間前面。

「沙優。」

「可以了，我們去樓頂。」

我打斷結子想說的話，帶她去了樓頂。

這樣就好。

既然結子受人騷擾，我只好在可以保護的時候保護她。面對悠月那群人，我應該會頑抗到底吧，我心想。

「欸。」

在樓頂，結子小聲說道：

「沙優……妳去加入悠月她們會不會比較好呢？」

結子說的話，讓我大感詫異。

「為什麼要這麼說？」

「呃，剛才……我有聽見，妳們在洗手間的對話。」

「我不是說過我不去嗎？結子，我要跟妳在一起才會開心啊。」

「我也一樣，可是……」

結子垂下目光，帶著微微的鼻音告訴我：

「沙優，要是我害妳也受到騷擾……那我會承受不了。」

對此，我不知道該怎麼回答，就說不出話了。

追根究柢，一切都是起源自我跟悠月之間的對立才對。不知不覺中，結子卻在心裡調換了事情的因果順序。沒跟我牽扯上關係的話，結子此刻就不會落到這種處境才對。

「妳別那麼說。我不要緊。我們倆堅持到畢業就好了嘛。」

我握住了結子的手，拚命地說服她。

結子的眼角盈著淚水，邊對我點了好幾次頭。

「說得也對……沙優，只要有妳在，我就不要緊。」

她那句話……我原本是相信的。

＊

以結果而論，結子受到的騷擾變得更嚴重了。

我想，悠月確實很明白要怎麼做，才能真正引起我的反感。我越袒護結子，結子在我看不見的地方就受到了越多騷擾。

文具不見，教科書不見，到最後連生理用品不見的情況都發生了。

我一度找了級任導師討論這件事，卻被駁斥：「唉，不可能光靠那樣就能分辨她們是否真的有偷東西吧。」我好不甘心。老師不肯站在我們這一邊。

受到騷擾的結子當然是身心疲憊，我也越來越憔悴。以往感到那麼開心的學校生活，一下子變得令人痛苦了。我好幾次想跟學校請假，家長卻不可能允許，而且不能拋下結子一個人的念頭更強烈，因此我每天仍鍥而不捨地上學。

我認為悠月那些人遲早會騷擾到厭倦，只要她們願意放我們不管，到時候就是我們贏了。

……然而，在得到那樣的成果之前，我們就「崩潰」了。

*

很難得，結子向學校請假了。

受到那麼多騷擾還是鍥而不捨地每天上學的結子突然請了假，因此我在訝異的同時，也感到鬆了口氣。

老師說結子是身體不適。希望她在休養身體的同時，也能休養心靈。

我茫然地聽著上午的課程，轉眼間就到了午休。

我一邊走在通往樓頂的階梯，一邊想到：這麼說來，好久沒有一個人吃午餐了。

結子找我講話以前，我始終是落單的，之前我把那視為理所當然，如今結子不在卻

讓我有了異樣感。

結子也說過，有我在就不要緊。我肯定也是一樣的。

只要有結子在，就算交不到其他朋友，就算被別人用不友善的目光對待，我都不要緊。

來到樓頂，很罕見地已經有人在了。

樓頂會有我跟結子以外的人，本身就是很罕見的事，我對眼前光景產生的異樣感卻比那一點更加強烈。

已經有人先來，這無妨。

只是，對方站的位置不對勁。

為了避免學生跨越而設計得較高的扶手另一側，有人站著。

大概是開門聲被注意到了，那道人影朝我這邊回過頭。

我有種內臟被緊緊掐住的感覺。

「妳在做什麼，結子？」

站在扶手外側的人，是結子。

結子帶著平靜得詭異的臉色，笑了一笑。

「沙優。」

「欸，很危險喔。過來這邊吧。為什麼……我聽說妳今天請假。」

「我一直在這裡等妳，沙優。」

結子好像聽不見我講的話，還用平靜的語氣繼續說道：

「第一次見到妳時，我覺得妳真是個漂亮的女生。感覺像妳這樣可愛的女生，會陸續續交到很多朋友，在轉眼間成為班上的中心人物吧。不過實際上並非如此。妳既孤傲又美麗，任誰都沒辦法親近。」

「欸，妳在說什麼？」

「周圍那些無藥可救的女生再怎麼耍心機，妳依舊是孤傲的存在。實在好帥氣。所以……我才忍不住接近妳。像我這樣的人，居然可以跟妳成為朋友。」

結子彷彿被什麼附身了，還一臉開心地說著這些話。光是那樣倒沒有關係，但她待在扶手的外側。那高度要是失足並不會平安無事。

「接近妳以後，我發現妳是個可愛的普通女生。既溫柔又能體恤別人……妳是個笑容十分迷人的女生。」

話說到這裡，結子倏地望向我。她那冰冷至極的視線，讓我覺得背脊不寒而慄。

「而我，糟蹋了那一切。」

「等一下，沒有那種事啊。」

「有喔，我糟蹋了妳。我讓孤傲而美麗的妳，變成了在他人眼中會跟我這種陰沉女混在一起的笨女生，那些傢伙都瞧不起實際上是如此美麗又迷人的妳！」

「那根本無所謂吧，結子，只要有妳了解我就夠了。」

「才不是那樣！」

結子放聲叫了出來。

我無言以對。

我對結子並不了解。目前她在想些什麼，又為什麼會那麼生氣，我都不明白。

「沙優，妳跟我是不一樣的……妳可以散發更多的光彩……而我……心裡最憧憬妳的我……卻糟蹋了那份光彩……」

結子突然流下大顆淚珠，當場縮成了一團。

就趁現在，我心想。

我要更靠近她，從扶手空隙把手伸出去，抓住她的身體才行。要是稍微失去平衡，她的生命就會有危險。

我打算趁結子縮成一團的這段期間，慢慢地接近她。

可是，結子好像立刻就有所警覺而倏地起身，還用哭花的臉看我。

「沙優，妳有發現嗎？最近，妳又變得完全不會笑了喔。跟我相處時，妳老是在想要怎麼樣保護我，都一臉黯淡。」

「那當然啊，妳是我的朋友嘛。」

我答道，而結子露出分不出是慶幸或哀傷的表情以後，微微揚起了嘴角。

「……謝謝，不過呢……那比什麼都讓我難受。我已經，撐不住了。」

突然間，結子一臉十分平靜地笑了。

不知道為什麼，看了那副表情，我心想「絕對不可以」。在我那麼想的同時，身體就往前衝了過去。

結子告訴我：

「沙優，這並不是妳害的喔。」

「結子！」

「妳要一直……保持笑容喔。」

那麼說的結子笑了笑以後。

她就連走帶跳似的，從樓頂墜落了。

衝上去的身體喪失了目標，使我在樓頂跌倒。

全身，都在發抖。

從校舍的中庭，傳出了尖叫。

「啊啊……」

即使抬起臉，結子果真也不在樓頂了。

「啊啊……！」

潰不成聲的聲音，從我的喉嚨湧出，視野變成了模糊一片。

我爬也似的前往樓頂邊緣，從扶手探出身子，看了下面。

只見——

＊

沙優變得臉色蒼白，還忽然捂住了嘴邊。

啊——當我如此心想時，沙優就在眼前嘔吐了。

麻美從途中便湊到沙優旁邊聽她講話，裙子就稀里嘩啦地沾到了沙優的嘔吐物。

「對、對不起……裙子……！」

沙優在這種狀況還會介意弄髒別人的衣物，麻美卻絲毫沒有動搖。

「不要緊啦，沙優妹仔……衣服洗過就好了，但妳現在不吐，是絕對不行的嘛。」

聽麻美那麼說，沙優的表情隨之放鬆。

「謝謝……嗚噁。」

沙優彷彿忍受不住，就再一次吐到了地毯上。

「吉田仔，你能拿一些可以擦的東西過來嗎？」

「行啊，我去拿。」

在麻美催促下，我去了盥洗間。原本想著大掃除時應該用得到就買了幾條抹布，結果大掃除這件事因為偷懶而沒有實行，當時的那些抹布都還留著才對。

我一邊拿出抹布，一邊用單手按住了胃的附近。

事情比想像中還要難以承受。我還以為往事再怎麼煎熬，自己都已經做好了心理準備要聽，可是，我卻對自己準備得不足感到後悔。

「來吧，用這個擦。」

我把抹布遞給麻美和沙優讓她們擦身上的衣服，而我清理了地毯。

「對不起，吉田先生……」

「沒關係啦。總之妳先喝個水冷靜冷靜。難受的話，今天也可以說到這裡就好。」

「謝謝……」

沙優乖乖地走去廚房，喝了一杯水。

歇了一會兒以後，沙優才說：

「不過，如果你們兩個都願意聽……今天，我會把事情說完。因為我也做好心理準備了。」

如此說的沙優在視線寄予了某種堅定的意志，我覺得沒有道理予以阻止。

「我明白了。」

我點頭，並且將視線望向沙優和麻美雙方，然後說道：

「總之，妳們先換掉衣服會比較好。」

沙優和麻美，都苦笑著點了頭。

第6話　流浪

沙優從家居服換成自己的制服，而麻美只好借了我在家裡穿的運動服和吸汗襯衫。

「抱歉，讓妳穿那些。姑且有洗過就是了。」

「有大叔味耶。」

「真假！」

「你慌過頭了吧，好好笑。」

麻美嘻嘻哈哈地補了一句「當然是開玩笑的嘛」。

被女高中生說「有大叔味」，聽起來太像真心發牢騷，感覺不是鬧著玩的，希望她就算開玩笑也別講那種話。

「再說這是沙優妹仔洗過的吧。這樣一想就覺得聞起來好香……不妙耶……」

「妳的嗅覺根本不靈嘛。」

我出聲說道，麻美又嘻嘻哈哈地笑了。

朝沙優那邊一瞥，果然她並不像原本有精神，卻也跟著麻美微微地笑了。

看來沙優鎮定一點了，幸好。

提起那段往事，還嘔吐出來沒過多久。雖然她表示「有做好心理準備要繼續講」，我難免希望穿插一段空檔轉換心情。

光聽沙優講就讓我那麼胃痛了。沙優本人提起那些，即使說是在二度體驗以前經歷的煎熬也不為過。實際上，沙優會在那個時間點嘔吐，我想恐怕是因為她回憶起故友屍骸的關係。

越是思考，我越覺得才十幾歲的孩子要經歷那些事，實在太沉重了。

儘管麻美並沒有朝沙優投注視線，卻連我這裡都能明顯感受到，她在掛懷沙優的氣色。麻美一邊跟我閒聊，不時還是會若無其事地挪動視線，好似要把沙優納入視野的一隅。

換完衣服過了幾分鐘，當我們和樂聊天時，突然間，所有人都沉默了。

間隔幾秒的沉默，沙優才開口：

「那麼……我是不是，可以繼續說了呢？」

面對沙優這句話，麻美用了溫柔的嗓音問她：

「已經不要緊了嗎？」

「嗯，我鎮定下來了。」

「這樣啊。」

沙優對麻美回以微笑，然後看向我。

我也做好了繼續聽的心理準備。

「既然妳不要緊，那我也不要緊。」

我說道，而沙優點了頭，緩緩地吸進一口氣，接著吐出。

於是，沙優再次向我們道來。

*

結子自己了斷生命，我被推到了哀傷與失落的谷底。

我想跟她兩個人一起擺脫霸凌，結子卻用最糟糕的方式，自己先退出了。

我自以為保護了結子，完全沒有發現她心中痛苦的本質。那令我懊悔，而且難過。

儘管我耗弱得似乎可以哀傷度過好幾天，甚至好幾個月，然而，現實卻沒有給予我時間處理那些情緒。

在結子跳樓時身處同一地點的我，成了率先接受問話的對象。

我被訓導處老師、校長以及警方問了好幾次。

無論如何我都只能照實敘述發生的事，可是非得一再回憶朋友死去的景象，還要蒙受陌生人揣測殺了結子的人會不會是我，都讓我痛苦不已。

明明我好喜歡這個朋友，卻只要想到她的臉就會胃痛，晚上也久久無法成眠。

結子自殺後隔了幾天，換成媒體開始蜂擁至我家了。

在我離家與回家時。彷彿抓準了時間點，都會有好幾個記者、拿著轉播攝影機的大人站崗。看來在我上學的期間，他們也按了好幾次家裡的門鈴。

媽媽一直對此感到心煩。

畢竟我本來就是家裡的累贅，還帶了麻煩回來。

結子身亡的那天，當我哭著向媽媽說明事情緣由以後，她嘆了氣，這麼對我說：

「妳再怎麼樣，也不至於殺害同學吧。」

我大吃一驚，還感覺到先前止不住的眼淚和嗚咽都忽然停下來了。

「……嗯，我絕對不會。」

我微微地點頭，如此回答她。

畢竟那是我唯一的朋友啊。這句話，我硬生生地忍住沒說。

連平常忙碌的大哥，唯獨在那段時期也變得每天都會回到家裡了。

他會安撫顯得歇斯底里的媽媽，還會抽空來探望我的狀況。

我在大哥的胸前一哭再哭，哭了好幾次。

這幾個星期，打開電視就會有新聞一再播報結子的姓名。我變得不開電視了。

我開始害怕門鈴，更畏懼守在上下學的時間群聚而來的媒體，就不去學校了。

唯獨那段時期，即使我表示不想去學校，連一向在意門面，無論我得感冒或者有什麼狀況，都絕對會逼我去學校的媽媽，也不會說什麼。

白天我害怕面對外人和媽媽的情緒，晚上則害怕「結子的記憶」在我腦海裡縈繞不去。

以我首當其衝，荻原家的三個人就像這樣，越來越心力交瘁。

於是，我們家一直勉強維持於潰堤邊緣的親子關係，終於在某天崩潰了。

早上我醒過來，到了客廳，就發現媽媽在啜泣。

「媽，妳怎麼了……」

發生什麼狀況了嗎——如此心想的我出聲問道，原本趴在桌上的媽媽就抬起臉，狠狠瞪了我。

「全都是妳害的……！」

這是陷入歇斯底里的媽媽常講的台詞。

我並沒有聽說過詳情，然而媽媽似乎是因為生了我，才被迫跟爸離婚。而且，我從

小就因為那層「並未詳細聽說過的因素」，始終不被媽疼愛。

媽在跟爸離婚以後，就會定期地變得情緒不穩。而且她在那種時候看到我，大多會這麼說：

「一颯繼承了那個人的公司，風風光光地在打拚，妳卻每次都只會給我惹麻煩！」

「對不起。」

只要我不停道歉，媽媽就會姑且滿意而入睡。因為歇斯底里發作，也是很消耗體力的事。

「為什麼我們非要因為外人自殺而被逼得這麼緊……就是因為妳把交朋友當兒戲吧！妳明明也沒有什麼感情！」

「……對不起。」

我並不是沒有感情。只是在媽的面前，我都會努力避免表露出來。

因為，只要我忍耐就沒事了。

這一次，我本來也想忍住。我想只要讓她一直罵到消氣，事情就結束了。

可是……

突然間，她貌似警覺地睜大眼睛看了我。

與往常不同的那副神色，使我微微地偏頭感到不解，於是媽媽就說道：

「該不會……人真的是妳殺的吧？」

那句話，輕易地讓我面臨了忍耐的極限。

回神以後，我已經衝向媽媽，並且朝她的臉甩了一巴掌。這是我有生以來第一次動粗。

「我怎麼可能會那麼做！妳不要胡說！」

我生平第一次，氣得對人大吼。

我已經習慣被人罵了。

只是，被人懷疑我殺了結子，會讓我覺得自己跟結子的友情從根本遭受否定，我無法忍受。

明明媽根本就不知道，我有多麼喜歡結子。

「媽應該不懂吧！第一次交到可以挖心掏肺的朋友，卻因為自己而受到霸凌，然後還……」

一直壓抑的情緒失控了。

媽媽看了我的表情，只顯得一臉茫然。

我一邊流下大顆淚珠，一邊揪住她的後頸，猛晃了好幾次。

「還害死了對方……媽絕對不會了解，我是什麼樣的心情！」

「妳……」

「既然這麼嫌我礙眼，那我就消失給妳看，我也已經受夠一直被妳用無情的言語對待了！」

這麼吼完以後，我跑到了自己房間。

穿上制服，把最基本需要的行李塞進包包，然後抓起錢包。

當我準備離開房間的那一刻，房間的門被打開，大哥露面了。

「妳們在吵什麼……慢著，沙優，妳換了制服？妳肯去學校了嗎？」

「不是。我要離開。」

「離開？去哪裡？妳什麼時候會回來？」

「去哪裡都好！我不會回來了！」

「喂！」

我推開大哥，跑到玄關，名副其實地從家裡奪門而出。

大哥也立刻從玄關趕出來，並且用全力追我。畢竟我不可能贏過成年男性的腿力，馬上就被大哥抓住了。

「放開我！」

「傻瓜，別大吵大鬧！妳先冷靜下來。」

「誰教媽要那樣！」

我的眼淚又湧上來了。

「媽在懷疑……人該不會真的是我殺的，她那樣說我……！」

當我哭哭啼啼地這麼告訴大哥以後，他先是語塞，接著就輕撫了我的背。

「原來……媽講了那種話啊。」

大哥慢條斯理地抱住我，然後用了比平常低的音量說道：

「的確，或許妳目前跟媽保持一段距離會比較好。與其顧忌門面，讓妳和媽調養好精神狀態更重要。」

大哥這麼說完，就牽了我的手。

「我陪妳一起去車站。」

「啊……好。」

原以為離家出走這件事會遭到反對，我有點反應不過來地點了頭。

一路走到車站，我們倆始終無言。

可是，身旁有大哥在讓我稍微安了心。

抵達最近的車站以後，大哥說「妳等我一下」，並且走向了ＡＴＭ。沒多久他回來了，隨即遞給我一只沉甸甸的信封。

「手頭沒有錢還離家出走，妳只會一下子就被迫回家而已。」

「咦，但是……」

「裡面有三十萬。不浪費的話，我想可以在外頭生活半個月。」

「這怎麼可以！不好啦！」

大哥聽了我的話，就露出苦笑。

「手頭沒有錢還離家出走才會造成困擾。妳聽好，過夜要找正派經營的旅館。還有，感覺到人身安全有虞的話，一定要跟我聯絡。只要妳跟我約定這兩點，媽那邊我就會幫妳緩頰。」

我瞪著手邊的信封看了一會兒，然後抱住大哥。

「……謝謝。」

「……以往妳已經很努力了。先稍微休息吧。」

大哥摸摸我的頭以後，就推了我的肩膀。

「我走了喔。」

「慢走。感覺有危險要馬上跟我聯絡。」

「我知道啦。」

我覺得，大哥更像我的家長。

原本家長就應該像這樣，為小孩擔心的吧……我差點思索起那些，就立刻打住了。

在如此的緣由下，我生平第一次，長期地離家出走了。

＊

離開家裡以後，我在真正的意義上「落單」了。

在旅館的房間裡，我做什麼都不會被人看見，也不會被說任何話。

突然獲得自由以後，我率先體認到的是「空虛感」。

「我到底是什麼……？」

我不知道嘀咕了幾次。

媽並不歡迎生下來的我。

大哥願意愛護我，可是他的溫柔，卻讓我感覺到包含幾分「憐憫」在內。

我交不到朋友，總算交了朋友，對方卻拋下我，從世上離去了。

回想起來，我認為，自己始終是個「對任何人來說什麼都算不上」的人。

在物理方面變得落單，加劇了我的孤獨感。

還跟大哥借了三十萬圓，我拿這麼多錢是在做什麼？這件事，我思索了好幾次。

好不容易從母親身邊逃脫，心情卻完全沒有變得開朗。

我也曾起意嘗試做一些壞事，卻不敢接觸菸酒，在旅館房間脫光衣服自瀆就成了我每天的習慣。每次行為結束都感到可悲，不知為何卻無法罷手。

在我東晃西晃地接連外宿的過程中，手頭的錢沒多久就花掉了，結果剩下不到幾萬圓。

大哥交代過「要在安全的地方過夜」，我就想到住網咖的話，有幾萬圓還能過一個星期，所以便在網咖一直泡到手頭的錢所剩無幾為止。

大哥計算起金錢開銷似乎比我想得還要精準，當我在網咖差不多住了三天左右，手機就響了好幾次。

「妳人在哪裡？」

「旅館啊。」

「哪裡的旅館？每天住旅館的話，我倒覺得妳早就把錢花完了。」

我已經不記得，自己當時是怎麼敷衍過去的。

可是，臨時湊合的謊言在幾天後穿幫，大哥就開始接連打電話過來了。

回神以後我才發現，本身的心態已經「自暴自棄」到連自己都訝異的地步。有媽媽在的那個家，我還是不想回去。我怎麼也無法想像回去以後能跟她和好的畫面。

大哥對我有協助蹺家的恩情，打破跟他的約定固然於心不安，但是，我希望他能放我不管。

我關掉手機的電源，直接把那丟在某間便利超商的垃圾桶。

錢已經花光了。

深思些什麼的力氣，也耗盡了。

當我不知如何是好而遊蕩於夜裡的街道時，有個穿西裝的男子朝我搭了話。

「時間都這麼晚了，妳一個女高中生是怎麼啦？」

那個男子似乎有點醉，臉色紅通通的。這麼說來，我想起了那天是星期五。

當時，我毫不費力就裝出了笑臉，輕鬆得連自己都感到吃驚。

「我蹺家了。沒有地方可以回去。」

「……呼嗯。」

西裝男子盯著我，露出思索片刻的模樣。

然後，他說道：

「總之妳留在這種地方也很危險，今天要不要先來我家過夜？」

我感覺到自己全身一陣緊張。

對方這麼搭話，我想明顯跟大哥提過的「感覺有危險」的情況符合。

可是，那時候的我真的在全方面都變得「自暴自棄」了。

更何況，只要事情順利，當下就有機會找到地方過夜。

「……不會給你帶來困擾嗎？」

一回神，我已經如此說道。

第7話 足跡

「……從那次開始，我就一直沒有回家。」

沙優的眼角盈著淚水，一邊編織語句。

我和麻美低著頭，聆聽她說的那些話。

「一開始，我也想過對方或許真的是出於善意讓我過夜，可是並沒有那種事。幾天後我就明確地受到了索求……無論如何都不想回家的我，就告訴對方：『可以喔。』」

沙優說著，就自嘲般的笑了。

「很傻對不對？畢竟我連第一次的對象叫什麼名字都不記得。」

「沙優妹仔……」

麻美緊緊地握了沙優的手。她的聲音在發抖。

「之後就如同我對吉田先生說過的。做過一次以後，我覺得做幾次都一樣了。獻出身體就能獲得留宿的地方，所以我一再用那種方式漂泊。蹺家就這樣越拖越久……於是我遇到了吉田先生。」

沙優的目光對著我，就在此時，淚水沿著她的臉頰流了下來。

看到她那樣，我又覺得胸口彷彿被人緊緊揪住。

「這樣子，我該交代的過去都說完了。從我離開北海道，直到遇見吉田先生的來龍去脈……我全部都講出來了。」

話說完以後，沙優的表情看起來比先前舒坦了一點。

我想，那是唯一的救贖。

「……這樣啊。」

我緩緩地吐氣，然後點頭。

「……沙優，謝謝妳告訴我。」

我如此說道。

沙優也跟著點了好幾次頭。

「謝謝你聽我說。」

她如此說道。

「我說啊，沙優妹仔。」

麻美緩緩地開了口，因此我和沙優的目光都聚集到她身上。

於是，麻美凝望沙優的眼睛，然後說道：

「妳果然是一路努力過來的呢。」

我可以看出，麻美的那句話讓沙優目光閃爍了。然後，漸漸地她的眼角又盈滿了淚水。

「嗯。」

沙優點頭。

「妳很了不起嘛。」

麻美也點點頭，還用右手臂把沙優的頭摟到胸前，左手臂則輕撫了沙優的背。

沙優把臉埋在麻美胸口，再一次點了頭。

「……嗯。我努力過了。」

沙優這麼說完以後，就把手繞到麻美背後，直接抽抽噎噎地吸起鼻水，回過神來，她便放聲哭了出來。

我也差點受到牽引而掉淚，但我忍住了。

沙優持續哭了幾分鐘，然後，便直接在麻美懷裡睡著了。

「……再怎麼說，光談起那些內容就讓她夠累了嘛。」

麻美一邊說，一邊慢慢地將沙優從懷裡放開，接著就輕輕地讓她睡到了地毯上。

「或許睡床比較好，但是抱她上床說不定又會吵醒她。」

「也對……先讓她睡在那裡吧。」

我緩緩為沙優蓋上她平時用的被毯，並且重新坐回地毯上。

我徐徐吐氣。

思緒散亂成一片。沙優的往事，還有她談起那些的表情。那一切都在我腦海裡打轉又消失，打轉又消失，周而復始。

「……麻美，我可以去抽根菸嗎？」

我如此說道，而麻美頓時露出了傻眼似的臉色，卻立刻揚起嘴角一笑。

「請隨意。話說，我也想去陽台。」

「呃……會有菸味喔。」

「沒關係啦，才一點點。」

麻美滿不在乎地說道，還跟我一起到了陽台。

我拿出一根菸，用Zippo打火機點著。把菸吸進去，然後吐出。

那樣的步驟完成後，心情就莫名穩定下來了。

「鎮定了嗎？」

旁邊的麻美側眼朝我望來。

「要問這個的話，妳自己呢？」

我反問，麻美就露出了苦笑。

「我也有點受到動搖。」

麻美這麼說著，就一邊靠向陽台圍牆，一邊將目光落到下方。

「她應該經歷過什麼吧，之前我就這麼認為了。不過坦白講，我沒想到會有一段那麼沉重的往事。」

「……我也跟妳一樣。」

我又吸了口菸，吐出以後，才接著說下去：

「交到朋友以後，那個朋友卻死了，理應最親近的家長又不肯站在自己這一邊……碰到那種狀況，就連大人也難以承受。」

「何況她才讀高中二年級……」

麻美插嘴似的補了一句。

「……說真的，虧她能逃來這裡。不管過程如何。」

麻美說到這裡，便突然拍了我的背。

「吉田仔，就是因為她拚命逃來這裡，才會遇見像你這樣的人嘛。」

「什麼叫像我這樣的人？」

我板起臉孔，麻美就得意地笑了笑，然後狀似故意地用手肘頂了頂我的側腹。

「意思是把女高中生藏起來也不會自己享用掉的人啦。」

「妳別說了，光聽就反感……」

「我是在稱讚你耶。」

麻美被逗樂似的哼了一聲以後，就忽然正色。

「所以吉田仔，事情要怎麼辦？」

「妳說的怎麼辦是指？」

我反問，而麻美露出了傻眼般的表情。

「就是沙優妹仔的事啊。你打算就這樣認命讓她回去？」

「那還用問，接她的人都來了，也只能那樣辦吧。我這個非親非故的外人又不好出意見。」

老實說，聽沙優講完以後，我甚感疑問的是：讓沙優回去家裡對她來說真的好嗎？

話雖如此，若被駁斥那是別人家的家務事，我也就無話可說；既然立場接近於監護人的「哥哥」出現了，感覺我已經沒有什麼可以為沙優做的了。

「非親非故……是嗎。」

麻美嘛嘴咕噥，因此我一邊把菸灰抖進菸灰缸，一邊望向她。

「妳是怎樣啦？」

「沒事啊～」

麻美露出苦笑，並且側眼看了我。雙方視線交會。

「牽扯得這麼深，現在還說『非親非故』也怪怪的吧？我只是這樣認為。」

「這……唉，我也不是沒那麼想過……不過這畢竟屬於家庭問題吧。」

「假如沙優妹仔的家人會替她撐腰的話，那倒是無妨啦。」

麻美想表達的意思，我相當清楚。

我想，麻美是在期待，往後我可以繼續對沙優提供某些支援。

只不過，從大人的立場來想，感覺我再強出頭就太不知分寸了。無論如何，沙優遲早得回家才行。

非逼她做好心理準備的時刻已經到了。事情不就這樣而已嗎？

「吉田仔，你想怎麼做呢？」

忽然被麻美這麼問，我失去了話語。

「……呃，我講過啦，妳有聽進去嗎？這我無能為力吧。」

「我有聽進去啊，但我在問的不是那些。」

麻美犀利地打斷我的話，並且說道：

「我問你的並不是『該』或『不該』。」

麻美的視線直直地對著我而來。

「吉田仔，我是在問你想怎麼做。」

話說到這裡，我再次語塞了。

我想怎麼做呢？被問到那一點，答案是很清楚的，我卻分辨不了那是否正當。

「你又擺那種臉了。」

麻美突然把手伸過來，用食指朝我的眉心戳了一下。

「吉田仔，你是不是把每一個環節都想得太難了？」

「……才沒有那種事。」

「之前你不是說過『我不想做不正確的事情』？」

「……我是說過。」

「那麼就目前的情況，你覺得什麼才叫『正確的事情』，吉田仔？」

對我而言，麻美的質疑一律戳中了「痛處」。而且，她本身大概也有所自覺，才會拋來那些質疑。

「我嘛──」

當我專注於跟麻美對話時，香菸的火越燒越前進了。我一邊把整根都已經化為灰燼的菸捻在菸灰缸，一邊開口打算說些什麼，而我什麼話都講不出來，只好閉了口。

「我嘛……」

忽然間，沙優的身影浮現在我腦海裡。

用洗衣機的沙優；下廚做菜的沙優；做完家務顯得無事可做的沙優……

從那些模樣，都能感受到安穩，而且「自然」。

而在她的內心，有先前聽到的黯淡往事沉睡於其中，即使如此，她在別人面前還是能像那樣微笑……

說真的，那副笑容，好美。

「我嘛……會希望沙優能笑得自然就好。」

回神以後，我如此脫口而出。

對了，仔細想想，從當初把沙優接回家的時候開始，我腦子裡不就只有那樣的念頭嗎？

沙優的笑容確實吸引了我。

小孩可以笑得像個小孩，對她來說這才是最理想的，我深信不疑。

「比方說……在家人身邊過得快樂……或者上學過普通的生活……其實，我也會覺得那些是更重要的先決條件。不過……」

麻美默默地聽著我所說的話。

「不過……比起那些，我更希望她笑得自然。即使到了沒有我的地方，也能像在我家的時候一樣……我希望，她隨時都能保持那樣的笑容。」

我一邊感到莫名揪心，一邊這麼告訴她。

「那就是……我的願望。」

於是，在我把話全部講完以後，我頓時覺得自己將心頭的「大石」一舉放下了。

麻美盯著我看了幾秒，接著就「哼」地笑了一聲。

「那麼，你照那樣幫助她就好了嘛。」

麻美說著就望向了在屋裡睡覺的沙優。

「吉田仔，你跟沙優妹仔根本已經不算『非親非故』啦。雖然你好像總是在思考對沙優妹仔來說，怎樣才是最好的。」

麻美在此把話打住，並且再次望向我。

「吉田仔，你差不多也該思考，自己想怎麼對待沙優妹仔了吧？」

「我想怎麼對待她嗎……」

我複誦般的說出口，而麻美點了頭，繼續告訴我：

「我想呢，距離親近到某一個程度以後，『釐清要怎麼對待彼此』，應該算是正確的交流方式喔。」

「原來如此……」

我一邊應聲，一邊近乎下意識地又拿了根菸，並且把火點著。於是，我隨即察覺自己有那樣的舉動。

「啊，抱歉。我又點了一根。」

「沒關係啦。反正剛才那根你幾乎沒抽到就捻熄了嘛。」

麻美回答得毫不在意，並且又靠到了陽台的圍牆。

我側眼看著她那副模樣，忍不住莞爾一笑。

「怎樣啦？」

麻美朝我投以不服的目光，因此我搖了搖頭。

「沒有，該怎麼說呢……麻美，妳給人的感覺不像高中生。」

「啥？這話是什麼意思？」

「並不是負面的意思。怎麼說好呢……據實而言的話……就是有種老成感。」

我只說了這些，接著又叼起菸。把菸吸進去，然後吐出。

跟麻美講話，我會覺得自己似乎被她點通了平時沒去注意的事情本質。麻美固然時時散發著年輕的氣息，同時卻又給人幾分成熟的印象，我一向有這種感覺。

當我一邊吞雲吐霧，一邊思索這些時，便突然注意到旁邊的麻美都沒有反應。

轉眼望去，我發現麻美用鬆垮垮的吸汗襯衫袖子捂著自己嘴邊，視線不自然地落在下方。

「怎樣，妳怎麼了？」

「要你管，沒事。」

「好痛！」

麻美粗裡粗氣地回答，還突然踹了我。

「我說過那不是在調侃妳吧。」

「問題不在那裡！」

「多虧有妳，我也覺得暢快了一點……很痛耶！別踹啦！現在是怎樣！」

「少囉嗦，白癡～！」

麻美提腳朝我的小腿猛踹，而我只用了沒拿菸的左手勉強制止。

胡鬧的麻美忽然一聲不響地停住動作，然後朝我看了幾眼，才開口嘀咕：

「吉田仔，你顧好沙優妹仔就夠了啦……」

「啥？這話是什麼意思啊。」

「就是你字面上聽到的意思！如果有什麼我幫得上忙的事，我都願意幫，所以有困難要馬上跟我聯絡。」

「好……」

麻美交代完這些，就搶先朝通往客廳的門伸出手。

「我今天要回家嘍。衣服洗過以後，下次再還你唄。」

「好，不用送妳一程嗎？」

「不必，你還不如顧著沙優妹仔。」

「我明白了。」

麻美完全恢復了平時的調調，還咧嘴一笑。

「哎，既然你們之前都設法撐過來了，以後也會有辦法的唄。」

「……希望是那樣。」

「掰嘍。下次見。」

麻美回到客廳，我目送她手腳迅速地收拾完包包離開我家。

接著我看向手上的菸，這一次，又是幾乎沒抽過幾口就燒到了濾嘴附近。

「唉……」

我把菸在菸灰缸捻熄，然後發出嘆息。

原想拿出第三根，卻作罷了。

「……我想怎麼做，是嗎？」

嘀咕後，我握了拳頭。

沙優想怎麼做？

我想怎麼做？

那兩個問題……肯定都很重要。

剩下一週的時間，我想我有必要盡全力思考，自己該怎麼做。

第8話 球棒

「咦?所以沙優要回家了嗎?」

「還真是突然……」

我在公司的午休時間將狀況對了解緣由的橋本和三島大致說明過後,兩人就露出了比想像中還要訝異的表情。

「不對,這種事大多來得很突然吧……」

橋本說著就露出了認命的表情。

「倒不如說,接下來如果能回歸健全的環境,或許對沙優和吉田而言都好。」

話說到此,橋本從旁瞥了我一眼。

「……從你的臉色能看出沒那回事呢,吉田。」

「唉……也是啦。」

我察覺自己蹙起了眉頭,就用食指和中指把那道皺痕往左右撫平。

倘若沙優的家庭環境正常,橋本說的話確實能夠讓人認同。不管怎樣,目前的狀況就是難以稱之為「健全」。

然而從沙優的說詞聽來，沙優的家庭對她而言，感覺實在不是良好的環境。

「沙優要回家，果真會讓你寂寞？」

「不，並不是那樣。」

橋本沒有瞎起鬨，而是一臉正經地這麼問道，因此我搖了搖頭。

「只是……唉，沙優會蹺家在外這麼久，她的家長可見一斑……」

「原來如此。」

橋本平時就腦袋靈光，面對我含糊的說明仍明快地點頭，還停下吃豬排蓋飯的手。

「不過吉田，你有必要關心那麼多嗎？說穿了，那是別人家的事吧？」

「這個嘛……話是沒錯啦。我也那麼認為。」

我點頭，而橋本凝視著我的眼睛開了口。他的表情，從來沒有這麼嚴肅過。

「我想是時候抽身了。光憑善意要幫助非親非故的外人，還是有限度。」

橋本說的話讓我完全沉默了。我並不是想對他反駁些什麼。可是，我也沒有完全認同他講的話。有種不可思議的感覺，胸口彷彿悶著一股即將點燃的情緒。

「所以吉田前輩，請問你想要怎麼辦？」

忽然間，三島不以為意地說道。

跟昨天我被麻美問的內容，一模一樣。

「橋本前輩提的意見也是可以理解的喔，我很能體會。不過到頭來，遇見沙優的人，將沙優藏到現在的人，不都是吉田前輩嗎？」

三島一邊說，一邊俐落地從自己點的烤鮭魚套餐挑掉鮭魚的小骨頭。

有一根較大的骨頭被抽掉以後，三島便望向我這邊。

「由我看來，吉田前輩對沙優來說並不算『外人』，感覺已經是『當事者』了喔。早就牽涉其中了。」

這也跟昨天麻美告訴我的一樣。

然後，三島再一次偏過頭。

「所以，前輩想要怎麼辦呢？」

「我……」

我為之語塞。

說到底，我希望為沙優做的事就跟昨天對麻美提過的一樣，我想就是保住沙優的笑容吧。

不過，我曉得三島現在問的內容並沒有那麼籠統。面對一週之後非得回北海道的沙優，我該為她做些什麼呢？

關於這一點，目前，我還沒有想到什麼像樣的方案。

三島凝視著沉默的我，並且把鮭魚送進口中，慢條斯理地咀嚼，隨後又趕著把白米送進了口中。等她全部咀嚼完畢，慢慢地吞嚥下去以後——

「表示還有一週不到對不對？」

「咦？」

「沙優能待在這裡的時間。」

「是啊……沒有錯。」

三島聽了我的回答，彷彿在思索什麼似的兀自點了點頭，並且再度看向我。

「那今天晚上，我可不可以把沙優借走呢？」

「啥？借走？」

三島突然提議，讓我糊裡糊塗地應了聲。

「沒錯。簡單來說呢，就是請前輩讓我帶她出去。請讓我跟沙優約會。」

「呃……那倒無妨，感覺也不需要我來做決定就是了……不過，妳怎會突然這麼說？」

「女生之間積了許多話要聊啊。」

三島甩了甩手，彷彿在應付我的疑問似的答道。

突如其來的提議並非全無不協調之處，不過這麼說起來，理應是出門買東西的沙優曾經跑去三島家裡，既然發生過那樣的狀況，我想她們倆之間或許有我不知道的友情存在。

「呃……只要沙優不排斥，我就沒有意見。」

「那我們說定嘍。下班以後，我會先回家一趟，然後再去吉田前輩家接沙優。」

「別帶她在外頭晃到太晚喔。」

「我知道啦。」

三島有些開朗地這麼說道，然後又吃起鮭魚套餐。

我愣愣地凝視三島細嚼慢嚥地進行吞嚥作業，一邊心想：

這麼說來，她改掉嘴裡有東西還講話的毛病了耶。

＊

「好！今天第一球！」

柚葉小姐意氣風發地走進棒球打擊區，緊緊握住了球棒。

伴隨機械運作聲，棒球從牆邊飛了過來。外行如我雖然還算看得清球速，不過那肯定很快。

柚葉小姐豁出全力揮棒，可惜卻落空了。

「哎呀～」

她轉向我這邊，吐了吐舌。

隨即又有一球飛過來，柚葉小姐再次揮棒。這次有「鏗」的聲音沉沉響起，球棒打中球了。可是，球擊飛出去的方向歪了。

「好久沒打了嘛。」

柚葉小姐嘀咕以後，又一邊舉棒預備，一邊盯著球飛來的方向。

目前，我跟柚葉小姐來到了棒球打擊場。時間是晚上九點。

吉田先生剛回家就提到「三島說想跟妳單獨見面」時，我嚇了一跳。我問對方是有什麼樣的事情，吉田先生則說他也不知道。

不過，我讓柚葉小姐幫助過好幾次，因此就算她毫無理由地帶我出門，我也不覺得排斥。倒不如說，我甚至有點開心。

之後，柚葉小姐來吉田先生家接我，我就跟她一起來到了開店位置要從附近車站多走一小段距離的棒球打擊場。

我不明白她為什麼要帶我來棒球打擊場，可是，目前柚葉小姐並沒有談到什麼，還

一臉開心地揮著球棒。

球棒偶爾會打中球，不過看起來到目前為止，都沒有像所謂「全壘打」那樣痛快地把球擊飛出去。

沒多久所有的球都投完了，柚葉小姐就露出苦笑離開了打擊區。

「奇怪，有這麼難打嗎？我以前可以敲出去更多球的耶。」

「因為柚葉小姐很久沒打了吧？」

「是那樣嗎？」

柚葉小姐「唔嗯」地噘起嘴唇。那副模樣很可愛，與其說是跟年長的姊姊出來玩，感覺更像跟同年齡層的女生一起玩。

「來，沙優，接著換妳。」

「耶？」

柚葉小姐突然把球棒交過來，讓我慌成一團。

「我也要打嗎？」

「妳不想嗎？」

「呃，倒不至於不想……」

「那就打吧。」

柚葉小姐把球棒塞給我。接到手裡比想像中還重，嚇了我一跳。

「要不要先揮一揮練習？」

「練習……像、像這樣嗎？」

我有樣學樣地試著模仿剛才的柚葉小姐揮棒，球棒果然比想像中還重，有種身體被耍來耍去的感覺。

「用手臂揮的話，會傷到肩膀喔。妳可以將意識放在扭腰。像這樣，這樣。」

柚葉小姐繞到我後面，還用摟著我的方式，教我要怎麼扭身。照她教的方式扭，原來如此，感覺重心確實比剛才穩。

我揮了幾次做完練習以後，柚葉小姐就叫我走進打擊區，接著她在外面的機械投了錢，並且按了幾下操作。

於是從打擊區對面的牆壁開始有機械運作聲。看來球快要投出了。

「要開始嘍。」

「好的……！」

不知道為什麼，我非常緊張。

第一球飛來。雖然速度看起來比柚葉小姐剛才打的球還慢，我卻怎麼也抓不到時機，連球棒都沒揮就眼睜睜地讓球飛過了。

「揮起來揮起來～反正沒有在算好球數。」

「好的～！」

當我窩囊地出聲回應柚葉小姐的嚷嚷時，球再次飛來。

這次我試著豁出全力揮棒，可是沒有打中。

「可惜！」

下一球，再下一球。

球陸續飛來，球棒卻完全打不中。

我越來越不甘心。

為什麼，我總是什麼都做不好？

一球，又一球，我揮出的球棒打都打不中，球逐顆飛過。

「最後一球！」

柚葉小姐的聲音讓我回神過來。

起碼……起碼最後一球，希望能打中。

我專注精神，仔細觀察球的動向。

或許是心理作用吧，隨著機械運作聲投出來的球，感覺比剛才慢了。

這次會中！如此心想的我，豁出全力揮了棒。

「啪」的一聲，球被吸進我後面的集球袋。

「……唉。」

從我口中，發出了嘆息。

結果還是揮棒落空。

揮不慣球棒的我，並不曉得自己為什麼會因為打不好就這麼失落，身體卻莫名地乏力，當場直接坐到了地上。

回神以後，我發現視野變得歪七扭八。連眼淚都流出來了。

不知不覺中，柚葉小姐來到了旁邊，把手搭在我的肩膀。

「……聽說妳要回家了？」

「……是的。」

「妳不想回去啊？」

「…………是的。」

柚葉小姐的語氣十分溫柔，讓我有股預感：趁現在的話，要怎麼開口撒嬌都會被接納吧。

「肩膀會不會痛？對不起喔，突然帶妳來這種地方。我本來是想，這樣子或許可以讓妳發洩一下……沒想到反而幫了倒忙。」

「不，沒那種事……」

「來吧，擦掉眼淚。」

柚葉小姐把手帕遞給我。我搖搖頭，用自己衣服的袖子擦了眼淚。

她傻眼般的笑了笑，然後用溫柔的嗓音說道：

「坐到長椅上吧。我去買點喝的過來。」

柚葉小姐帶我離開打擊區，接著就指了旁邊的長椅。

而且，她柔柔地露出微笑告訴我：

「我們可以一邊喝熱飲，一邊聊聊。」

她說話帶來的暖心感實在不可思議，明明不會覺得受到強迫，可是，彷彿又有種直截了當地在要求「妳也沒有理由拒絕吧？」的力道。

對此我感到很舒坦，不假思索地就點了頭回答：「好的。」

揮棒時那種做什麼都沒用的無力感，現在已經緩和了許多。

第9話 家人

我小口小口地喝著柚葉小姐買來的熱可可，並且慢條斯理地對她說了目前的狀況。她就跟初次見面時一樣，既不是隨便聽聽，也沒有帶著凝重過頭的臉色聆聽，應聲方式有種恰到好處的暖心感。

我一邊講述家裡的情形，一邊也有穿插著提到往事，唯獨有一點避而不談，就是跟結子相關的變故。即使對方肯設身處地聽我說，如此沉重的事情總不能逢人就聊。更何況，要是我在這種地方又吐出來就麻煩了。

當我每次談到媽媽的事情，柚葉小姐都會用難以言喻的表情看著我。於是在我全部講完以後，她把左手疊在我的右手，緊緊地握住了。

「總覺得，要我提起家人嘛……」

柚葉小姐一邊望著棒球打擊場的天花板，一邊說道：

「我原本認為，光是有『彼此是家人』這個理由，就可以獲得無條件的愛。過去我以為那算普世的觀念……原來並不是那樣啊。」

ココア
cocoa

她坦然說出的感想，讓我感覺到胸口隱隱作痛。

一般而言，「家人」就是柚葉小姐說的那樣，這我大概也明白。不過，我在人生中一次也沒有實際體會到那一點。媽媽顯然恨著我，大哥則是同情我才對我好。

假如說，我有體會到無條件的愛，對象反而是……

「吉田先生跟我看起來，該不會感覺像父女一樣吧？」

我忽然冒出這麼一句，旁邊的柚葉小姐就瞪圓了眼睛。接著，她立刻噗哧發笑。

「啊哈哈，原來如此！」

柚葉小姐被逗樂似的放聲笑了出來，然後連連點頭。

「這樣啊，家人是嗎……對喔對喔……」

「怎、怎麼了？」

「沒有啦，我想我之前完全不那麼認為耶。」

柚葉小姐看著我，狀似滿意地笑了笑。

「說到你們倆的關係啊，明明才剛認識卻相當親近，對彼此又了解得不太深入，但你們還是互相需要。」

柚葉小姐緩緩地編織出話語。何止如此，那種講話方式聽起來也像在自我說服。

「不過，你們並沒有以異性的身分互相需要……我一直覺得，你們的關係讓人摸不

著頭緒。但現在我懂了……剛認識一個人，卻忽然要跟對方當家人的話，或許就會變得像你們那樣。」

柚葉小姐說的那些話，讓我恍然大悟。

我思考過好幾次，吉田先生跟我以前遇見的「其他男人」，差別在什麼部分？面對吉田先生，我從剛認識他的時候，就有種不同於他人的莫名安心感。過去我一直不明白，那種安心感是從何而來。

不過，聽完柚葉小姐說的話，我彷彿突然開了眼界，我好像能看清吉田先生與自己建立的是什麼關係了。

「我懂了……吉田先生是把我當成家人來珍惜……所以……」

蹺家後，我時時刻刻都是個「女人」。他人需要的是身為「女高中生」的我，而我也一直扮演這樣的角色。不……我反而還自己養成刻版觀念，陷入了那樣的窠臼當中。

不過，吉田先生只把我當成「小孩」看待。總覺得那好不可思議，又有種說不出的安心……

「所以他……才會那麼的溫暖……」

淚水，自然而然地從眼角湧現。我並不是傷心，但我曉得有情緒突然滿溢而出了。

我肯定是在自暴自棄間，遊蕩了半年之久……而內心的某處，始終在追求「無條件的愛」。

「吉田先生……他為什麼會那樣呢……？」

我一邊擦著陸續湧上的眼淚，一邊帶著鼻音說道，柚葉小姐就從鼻子呼了氣。

「我也搞不懂……那個人，到底是怎麼回事嘛。」

柚葉小姐順勢把手擺到我頭上，然後胡亂地摸了起來。

「不過……妳能遇見他，實在是太好了。」

柚葉小姐說的那句話，讓我感覺到視野又變得歪七扭八了。

我緊閉眼睛，默默地點頭。

能遇見吉田先生真好。

我由衷地這麼認為。

正因為如此……我才害怕。

「要跟吉田前輩分開，妳會怕嗎？」

柚葉小姐彷彿能看穿我的心思，這麼問了一句。

我抬起臉孔，並且點頭。事到如今，我已經無意開口對這個人粉飾些什麼了。

「會……我好怕。」

「我想也是……畢竟那個人對妳，比真正的家長還像家長，而妳卻要跟他分開。」

柚葉小姐點了點頭，接著，她緩緩說道：

「不過……前輩跟妳並不是一家人。」

「……是的。」

「因為不是一家人……才有難處。」

柚葉小姐隨口說出的那句話，倏地鑽進了我的心房，同時，還沉沉地作響。

沒錯，我——

我已經沒有辦法，把「回家」以及「跟吉田先生分離」切開來思考了。兩件事，都讓我由衷感到恐懼。

「……我不想回去。」

我自然而然地，又一次，這麼脫口說了出來。

柚葉小姐聽見那句話，就再度胡亂摸起我的頭。

「……嗯，我想也是。」

柚葉小姐用溫柔的嗓音對我點頭。

後來有幾分鐘，我們兩個人都一語不發。我哭哭啼啼地吸鼻子，然後擦眼淚。在我這麼做的期間，柚葉小姐都一直摸著我的頭。

「要做某種決定的時候啊。」

少。

忽然，柚葉小姐開口了。

「難免會希望有緩衝時間。我想，人就是那樣的生物。」

她的話伴隨著柔和的印象傳進了我的耳裡。而且，還慢慢地滲透到我的心房。

「不過呢，越是有真正重要的事情要做決定時，能讓人緩衝的時間，越是意外地少。在思考這也不對、那也不對的過程中，期限就逼近了。」

柚葉小姐說著，就把原本放在我頭上的手移到肩膀，輕輕地拍了一下。

「雖然我身為局外人，才說得出這樣的話啦。」

我抬起臉，就跟柚葉小姐迎面對上目光了。她的表情認真無比。

「妳不能再逃避了喔，沙優。我想，現在就是做出了斷的時候。」

她所說的話，簡直誠懇得令我不明白，為何要以「身為局外人」當理由設下防線。

「我知道妳會怕。換成我處在妳的立場……我肯定也會怕。不過呢……」

柚葉小姐抓住了我的手。

「沙優，妳已經不孤單了嘛。」

我感覺到，她的話讓我全身發顫。

我並不孤單。

如此的念頭，似乎逐漸紮根至全身，蔓延開來。

「有吉田前輩陪著妳。」

而且，她接著說出的這句話，讓我的心房更加溫暖了。

沒有錯，我現在有吉田先生陪著。

我害怕跟吉田先生分開。怕歸怕，不過能給我那份勇氣的人，肯定是他。而且——

「……講這種話好像顯得萬事靠別人，不過……哎，我也有心支持你們。」

「我曉得，我非常……能體會喔。」

眼淚又快要湧出，我連忙繃緊臉孔，壓抑住自己。再哭下去，實在太難為情了。

不肯支持的人才不可能講出這麼溫柔的話，這點道理，即使柚葉小姐不說，我也明白。

柚葉小姐一邊用右手搔著鼻尖，一邊說道：

「……沙優，我想妳已經發現了，所以才告訴妳。」

跟之前相比，她似乎有些難以啟齒地繼續說了下去。

「我嘛……是把吉田前輩視為男性，然後……對他有好感。」

「……我知道。」

「唔，是嗎……也對啦。所以，當初知道有妳這個女生的時候，其實我心裡覺得很複雜……倒不如說，唔嗯～」

柚葉小姐猛搔頭，還變得有點臉紅地說：

「要說的話……現在還是會覺得心情很複雜耶。雖然我剛才有提到，你們倆『像家人一樣』。老實講……看起來也好像有更深的關係。在我眼中啦。所以嘍……唔嗯～說起來還滿為難的就是了。」

柚葉小姐望向我這邊，露出了難以言喻的表情。

「對我而言，大概會覺得妳盡早回家才比較令人慶幸吧，沙優。」

「……妳講得好直接喔。」

「嘿嘿……抱歉。不過呢，我講這些話……理由不光是那樣而已喔。」

「我知道。」

我點頭，而柚葉小姐略顯害臊地笑了笑，然後說道：

「我沒辦法討厭妳呢，沙優。妳既坦率又努力，笑容還很可愛。」

她所講的話，使我臉的溫度也跟著上升了一點。

「沙優，我對妳說的這些呢，到頭來，我想大概並不是為了妳才說的。不過……」

柚葉小姐把話頓在這裡，「呼」地吐了氣。

接著，她緩緩地告訴我：

「我對妳，也已經有了好感。正因為這樣，我希望……妳能加油，變得比現在更

好。我想，我是希望……妳能夠努力地，活在當下。」

「……是的。」

「不要緊。現在的妳有伙伴在啊。」

「…………是的。」

結果，眼淚仍湧了上來。

我逃避自己的感情，逃避家長。儘管我的人生一路走來盡是在逃避。

能逃來這裡真好，我心想。

出生至今，我覺得自己第一次對人生感到肯定。

「嗚嗚……」

「啊啊，啊啊。妳又哭花了整張臉。」

「誰教……」

眼淚止不住，結果，我還是向柚葉小姐借了手帕。

*

「噢，妳們回來啦。」

我把沙優送到吉田前輩的家，眼睛腫腫的前輩就出來迎接了。

「……前輩該不會是在睡覺吧？」

「是啊……唉，小睡一下啦。」

用不著聽他回答，前輩的臉顯然就是才剛睡醒，因此我稍微笑了出來。接連幾天發生跟沙優有關的狀況，我想前輩也累了。

「別杵在外面，進來吧。」

目睹吉田前輩看著沙優這麼說道，感覺胸口有點痛，但是我刻意壓下了那股負面的情緒。

上次忍不住在自己家裡哭得慘兮兮以後，我打定了一個主意。

那就是「不去嫉妒沙優跟前輩的關係」。我認為這並不算妥協或者唱高調，僅是為了保住本身精神健全的重大決定。

剛才我也直接對沙優提過，說來說去，我對她早就放了感情。畢竟她真的是個好孩子，即使把剛才聽到的往事納入考量，我仍希望她往後一定要過得幸福。

那種心情，跟我羨慕沙優和吉田前輩這種關係的心情，在腦裡可以相安無事。假如不克制住其中一邊，只會讓自己越來越難受，這我再明白不過。

「去吧，小心感冒喔。暖一暖身子再睡。」

我從背後推了沙優，催促她進去屋內。接著我盡可能不去看他們倆的模樣，還輕輕地舉手。

「那我要回去嘍。明天見……不對，下次的上班日再見。」

這麼說來，都忘了今天是星期五——當我轉了念頭這麼說以後，吉田前輩就露出莫名猶豫的臉色。接著，他把目光拋向我。

「還有時間的話，要不要進來坐坐？畢竟……都讓妳專程送沙優回來了。我可以端一杯咖啡招待。」

前輩說的話，讓我清楚感覺到自己喜上心頭。不過，這時候我硬是忍住。

就這樣順便進前輩家裡，也只會被迫目睹距離感更近的他們倆。我在應對上要有自知之明才可以。

「不，我想沙優和前輩應該都累了，今天就先這樣吧。」

「是嗎……不然，至少讓我送妳到車站。這段路上人影不多嘛。」

那是我求之不得的提議。

隔了一次呼吸以後，我回答：「那就承前輩好意嘍。」

前輩向沙優交代「門要關好喔」，然後在家居服外面披了件厚的上衣才離開家裡。

明明我全身上下都是出外應酬的服裝，要一塊成行的他卻依舊穿著家用的吸汗運動服，儘管我心裡並非毫無微詞，卻還是很高興。

「晚上開始會冷了呢。」

「是啊，感覺冬天一下子就到了。」

我所說的話，讓前輩作勢摟起自己的肩膀。

冬天來到，過完年以後，沙優即將年滿十八歲。那樣的話，高中生再過幾個月就會畢業。

可是她完全放掉了高中二年級的後半段，在高中三年級的期間仍處於曠課狀態。照那樣是否能順利畢業，我就不曉得了。

「回家以後，沙優會過得順利嗎？」

我嘟囔出一句。吉田前輩沉默了片刻。

我和前輩的腳步聲，緩緩地溶入於夜路。

「我想支援她……好讓她過得正常。」

沉默到最後，前輩如此說道。

「但是，實際上我並不能支援那麼多。我也有我的生活要過。」

「……說得對呢。」

「她能不能面對今後的日子……端看她自己。」

乍看之下，吉田前輩講話狀似比平時冷漠。可是，只要看那張臉，就曉得他真的是一邊流露「心有餘而力不足」的情緒，一邊說那些話，讓我覺得果真是他的作風。

任何人，都會那麼辦。我心想。隨後，我立刻轉了念頭，不對，並非任何人都會那樣。

有利於己時會想要拉關係，不利於己時就劃清界線表示：「呃，反正那是別人的人生。」我想大人說起來就是這樣。

但是吉田前輩不一樣。對於把沙優藏在家裡這件事，他都有體認到自己應負的責任，還設法去盡責。那模樣真的很帥氣，而我又感覺心情複雜了。

不過，不可思議的地方在於，我還是完全無意介入他們倆之間。

他們倆之間就是有如此明確的牽絆，或許我內心已經認清，那是絕對容不下其他人的吧。

我坦然地，把想法說了出來。

「對沙優來說……你是不可或缺的喔，前輩。」

我一說，吉田前輩就訝異似的看了過來。

「什麼意思啊？」

「就是字面上的意思啊。沙優她固然表現得很成熟，內在到底還是個孩子。目前呢，她如果要從那小小的身軀裡擠出勇氣，我想全部得透過外包的形式，由前輩大力贊助喔。」

「……原來如此，這樣啊。」

不不不，沒有那種事吧——我原本還以為吉田前輩會如此搖頭反駁，沒想到他好像把話完全聽進去了。

「……不知道，我能為她做些什麼。」

當下他內心的煩惱，似乎盡在於此了。

明明只要陪在沙優身邊就可以啦，我是這麼想的，但他目前並非想要那麼含糊的答案吧。

我用相當輕佻的心態，再加上輕佻口氣，試著對前輩說了一句：

「陪她一起去不就好了嗎？北海道。」

「啥？」

吉田前輩顯然是愣住了，因此我不禁笑出來。

「有那麼讓人訝異嗎？既然她說沒有勇氣回家，前輩陪著去的話，或許就能鼓起一些勇氣了啊。」

「不不不，從對方家人的立場來看，我身為外人做到那種地步也太奇怪了吧。再說

我不在的期間，工作要怎麼辦？」

「事到如今，哪有分什麼外不外人。前輩都已經牽涉得這麼深了……工作方面有橋本前輩、遠藤前輩、小池前輩幫忙分擔就撐得住啊，我想，大概可以撐一個星期……更何況，還有可靠的後進在嘛。」

我挺胸給吉田前輩看，而他一臉糊塗地沉默幾秒以後，噗哧笑了出來。

「什麼叫可靠的後進啊，受不了妳……」

前輩只說了這些，對於我的提議，則沒有提到是否採納。

不過，或許滿可行的——我覺得前輩似乎這麼想。假如那是他完全沒動過的念頭，我講出來也就值得了。

我想，我也希望沙優絕對要過得幸福。可是，為此我能協助的事情並不多。

更何況……我還希望，吉田前輩能認清「沙優」在他心目中是什麼樣的存在。前輩是把她當小孩疼愛嗎？或者說，其實不然呢？

如果他內心對沙優的想法始終曖昧不清，就這樣面臨分離的話，我想之後肯定會深感痛苦。

我本身也一樣，絕不希望留下後悔，要看著身邊重視的人為後悔所苦的模樣，更是令我排斥。

比起我對吉田前輩懷有的戀慕之情，目前我更是由衷地希望，他們倆無論以什麼形式，都要過得幸福。

「前輩……請你要加油喔。」

我自然而然地，吐露了這麼一句。

吉田前輩則是間隔了片刻，才回答：「噢。」

接著，他用小小的音量……

「謝啦。」

如此對我說道。

我想，現在光是有那句話就夠了。

對話中斷以後，寒意格外令人掛懷。我打了個哆嗦，然後仰望夜空。

明明仍在秋季時分，我卻心想：冬天近了呢。

第10話 追憶

星期六。

或許是沙優前一天跟三島出外走動到半夜的關係，平常都比我早起許多的她，唯獨今天睡得特別沉。

即使沙優沒有比我先醒，大多也會因為我從床上起身的聲音而跟著醒來……這在假日是常有的事情，但我今天就算讓床發出吱嘎聲響，沙優也沒有醒來，還是在被窩裡呼呼大睡。

她的睡臉安穩平靜，看起來並沒有作惡夢而發出呻吟，因此我稍微安了心。

看向時鐘，已經過了上午十點。

我悄悄下床，走向廚房。雖然才剛醒來，肚子卻覺得有點餓。

當我確認冰箱裡有擺什麼時，門鈴突然響了，因此我嚇得肩膀發顫。

我急忙看向沙優，發現她還是沒有醒。

鬆了口氣以後，我直接走到玄關，把門打開。

「來了，請問是哪……啊。」

「承蒙關照。」

站在家門前的人，是一颯。

「出了什麼事嗎？」

「不，我是在意沙優後來的狀況……還有吉田先生，這次我有事找你。」

「找我？」

我暫且離開玄關，帶上了門。

「沙優大概是累了，現在睡得正熟，勞駕你到外頭一下。」

我說道，一颯便點了頭。接著，他在凝望我之後開口：

「請問用過早餐了嗎？方便的話，我們現在去吃頓飯如何？我有些事情想先告訴你。」

被對方這麼說，我也沒有什麼理由好拒絕。

「我明白了。那我去換套衣服，麻煩你稍等。」

我匆匆回到家裡，盡可能不發聲響地換上了外出服。在這段期間，沙優翻了幾次身，卻依然沒有醒來。

我曾猶豫是否要刮鬍子，不過電鬍刀發出聲音的話，感覺難保不會把沙優吵醒，因此便作罷了。

我只在口袋裡塞了錢包和手機，然後出門。

＊

「請點你喜歡的菜色。費用我這邊會付。」

「好、好的……」

我萬萬沒想到，會讓對方開車載到明顯屬於高檔次的法式餐廳，便忍不住摸了摸下巴的鬍碴。早知道就刮過再來了，我心想。

我設法從有看沒有懂的菜單上，找到感覺合胃口的菜色，並且點餐。

不久，餐前的飲料上桌了，當我拿起來淺嚐時，一颯就慢條斯理地開了口：

「首先，上次拜訪貴府之際，我曾說過相當失禮的話，請容我致歉。」

一颯突然低頭賠罪，因此我慌了起來。

「不會不會，請你抬起頭。我不介意的。」

「不……面對爽快地收容舍妹的人士，我那樣是相當失禮的。」

「不會啦，能明白你是真心在擔心沙優，我反而感到慶幸。」

我說道，而一颯抬了頭，直盯著我。接著，他露出了略顯放鬆的笑容。我覺得，他笑的方式跟沙優有點像。

「你真是個不可思議的人呢……一般而言，像你這年紀的男性撿到女高中生，會用這麼貼近家長的眼光來看待她嗎？」

「……會有大人接近女高中生是出於肉慾，反而才讓我難以置信。」

「我有同感。」

一颯點了點頭，然後將飲料含進口中。果然，他流露出幾分安心的神色。

「我認為沙優能遇見像你這樣的人，是她的福氣。」

「不會，你言重了。」

「我並沒有誇大其辭。」

一颯的嘴角掛著微笑，我卻能明顯看出他的臉色變得黯淡了。

「吉田先生，假如她一直用『那種方式』在旅程中逃避，都沒有遇見像你這樣的人，而變得越來越無法信任他人……」

一颯把話頓在這裡，然後凝視我。

「她肯定會在內心留下無法補救的傷痕，或許一輩子都要背負著那道傷。」

上次跟一颯見面時，我是沒有問他，不過光聽剛才那段話，很容易就能察覺到，對

於沙優在旅程中是如何走來，他都掌握得一清二楚。

「吉田先生，沙優真的是在相當危急的時候遇見了你。」

「很榮幸聽你這麼說……不過，該怎麼講呢……哎，到頭來我也只是陪著沙優維持現狀……如果沒有你這位哥哥來接她，我想她蹺家的期間還是會越拖越久。」

我這麼說道，而一颯微微吐氣，笑了笑，然後稍稍偏頭。

「呃……雖然請教這一點會顯得相當庸俗。」

一颯先如此講明，然後才問我。

「吉田先生，為什麼……你肯對沙優這麼好呢？若是覺得她可愛，對她動了心……從那樣的出發點，打著那種主意才對她好，我倒是可以理解。」

換句話說，明明沒有懷著「想跟沙優交往」或「想跟沙優做愛」之類的目的，為什麼要對她好？對方問的應該是這個意思吧。

「對於偶然遇見的蹺家高中生，為什麼，你願意付出至此？」

被一颯這麼問，我深深地吸了口氣。

連我自己，都想不出明確的答案。

基本上，我在那一天，到底為什麼會讓沙優進來家裡呢？

「那一天……我喝醉了。」

彷彿在整頓自己的內心，我一句一句地，把話說了出口：

「說來汗顏，當時我失戀了……哈哈，藉酒消愁以後，走在回家的路上。」

一颯帶著嚴肅的神情聽我說話。談這件事明明不用擺那種臉色的，我如此心想，卻無法對他打趣。

「那孩子縮在路邊，而我不知道是站在哪門子的立場向她說教，於是那孩子就對我說了……『我會讓你搞，所以給我住』這樣的話。」

我說道，而一颯倒抽了一口氣。為保險起見，我明確地告訴他。

「那件事，我當然是拒絕了。」

一颯對我說的話連連點頭，然後放心似的吐了氣。

「不過……我卻讓她留宿了。」

沒錯。那一天，不知道為什麼，我讓她在家裡留宿了。

當時我應該沒有想到……居然會跟沙優生活這麼久。

「……搞不懂呢。我為什麼會那樣做。」

我逐一回想。

因為喝了酒，記憶也很模糊，但我還是拚命彙整，每一個細節。

夜路昏暗，路燈要亮不亮。還有，縮在燈光底下的女高中生。

略短的裙子，完全露出來的黑色內褲。

『喂，那邊那個ＪＫ。』

沙優對出聲叫她的我投以茫然目光。

那副表情，感覺缺乏溫度。

我吞了口氣。

「……果然，我是個爛人。」

我忽然這麼說，一颯困惑似的偏了頭。

「這話是什麼意思？」

面對一颯的疑問，我苦笑著答了話。

「我按照順序，回想起那一天發生的事了。」

失戀以後，喝得爛醉，在亂成一片的思緒中，我發現了沙優。

「我想起了……在我出聲搭話之後，沙優倏地抬起臉時的表情。」

一颯默默地聽著我說的話。

印象中，那時候我似乎想過，在夜路跟ＪＫ長聊的場面要是被撞見，八成會惹人非議吧。

那些，只是藉口罷了。

我——

「……那孩子被路燈照出來的臉……非常漂亮呢。」

我這麼說以後，一颯就微微地吸了口氣。

這也難怪，我所講的內容，跟我之前對他提出的論調恰恰相反。

我也嚇到了。不過，這肯定是真相。一直以來，我都沒有正視的真相。

「所以說，我大概是失戀以後，感到寂寞……看見當時有個『漂亮的女高中生』突然出現在眼前……就卸下心防了。」

我一直有疑問。

就算喝醉了，自己應該還是有一定程度的道德觀，怎麼會不慎讓女高中生進到家裡？

我也知道那相當於犯罪。

得知沙優的背景，因而投入感情，也是在讓她留宿後隔天的事。

那一天，我根本沒有理由要讓她留宿才對。

不過，其實理由真的很單純，而且無趣，那是我自己壓抑在心裡，簡直豬狗不如的感情。

「再怎麼以正義自居，再怎麼裝腔作勢……我想，我大概就是因為沙優『長得可

愛』，才讓她留宿的。」

我在如此斷言之後，發出了嘆息。

「唉……我真是爛透了。」

我這麼嘀咕，然後，不知道為什麼，跟著笑了出來。

面對貌似費解地看著我這副表情的一颯，我還來不及深思，就先對他說道：

「不過，總算釐清以後……我覺得心裡非常暢快。」

「哈哈。」

我把話說完以後，一颯先是用呆愣的表情看了我幾秒，接著，他突然莞爾一笑。

「咦，怎麼了嗎……？」

一颯好似被逗樂地笑了一會兒，然後說道：

「沒有，該怎麼說呢……你真的是個坦率到難以置信的人。」

或許是太好笑的關係吧，一颯擦掉眼角盈出的些許眼淚後，才繼續說了下去：

「一般來想，會有人選在目前這種時間點，對我提起那些心思嗎？只要是大人應該都明白，你這樣會危及自身立場。」

譴責我的話語。可是，當中帶有的感情顯然並非負面。

「不過，你卻說出來了呢，老實得近乎憨直……」

我不知道該怎麼答話，就搔了搔後頸。

「我覺得無妨。」

一颯說道。

「男人面對可愛的女人，就是容易心軟。比起嘴巴上盡是掛著冠冕堂皇的說詞，來掩飾心裡另有所圖的傢伙，我對你更有好感。何況……」

一颯把話斷在這裡，然後盯著我的眼睛。

雙方視線交會。間隔幾秒鐘以後，他笑了笑，並且說道：

「你理應是懷著那種感情才讓那孩子留宿，卻沒有染指她。那一點，還是非常了不起的……遠比你想像的，還要了不起。」

一颯說的話，讓我覺得肚子裡稍微熱了起來。

我在做些什麼？

這算是正當的事嗎？

讓沙優在家裡留宿以後，我一直……一直不停地思考。

而以往呵護沙優至今的人物，似乎給予我肯定。

眼眶一熱的我，硬是忍耐住了。總不能在這種地方哭出來。

「呵呵，不過我明白了……因為沙優可愛才讓她留宿嗎……呵呵呵。」

一颯又心血來潮似的笑了。

「果然，你也是個人渣。」

一颯說的話，明顯有責怪我的含意。可是，當中蘊藏的感情，卻好像在調侃我。

我不禁也笑了出來，並且點頭。

「對……真的如你所說。」

「不過，就算同樣是人渣，吉田先生，果真得慶幸那孩子當天遇見的人是你……這我可以肯定。」

一颯說到這裡以後，便忽然正色了。

接著，他好似下定某種決心，先是吸了口氣。

「……那孩子，從小就不得父母疼愛。」

他看著我的眼睛，如此說道。

那恐怕是他在言語之外，對我表現出的信賴。

而且，肯定也是他即將揭露沙優未曾提及的過去，所做的開場白。

「……能不能請你告訴我詳情？」

為了明確向他表達自己有聽出話中之意，我也認真地這麼說道。

一颯點頭以後，才慢條斯理地道來。

用不著多說也能夠得知，沙優的父親正是「荻原食品」的董事長。而且一颯似乎也不清楚，當時任職於荻原食品的沙優母親，是在何種機緣下跟他相好的，總之兩人遇見了彼此，然後結為連理。

母親據說變成專職主婦，懷了一颯，將他生下來。

對沙優的母親而言，那段時光似乎處於幸福的巔峰，據說一颯是在百般疼愛下長大的。然而那段幸福的時期，幾年內就結束了。

沙優的父親似乎非常多情，尤其喜歡外貌姣好的女性。照一颯的說法，沙優的母親也是個大美人，從那方面來講，一颯似乎姑且也能理解，父親為何會跟母親結為連理。

我不禁苦笑。

那樣的話，即使不聽下去也能輕易想像後續發展，但一颯還是把之後的狀況說了個仔細。

沙優的父親逐漸對沙優的母親失去了興趣。明明如此，據說男方偶爾還是會心血來潮地只把女方當成行房對象。

「於是，家母懷了沙優。」

一颯如此述說的表情，看起來既欣喜又傷感。實際上，我想就是有那兩種情緒在他的心坎裡打轉吧。

「然而，家父已經不愛家母了。」

那句話冷冷地響起。

「而且，家母也發現了那一點。」

一颯淡然地說道。

據說在得知懷了第二胎時，沙優的父親曾率先提議要墮胎。說來令人難過，感覺卻也理所當然。他不可能會想替不愛的人養育孩子。

然而，做母親的反對了。對母親來說，第二個小孩是留住父親關愛的最後希望。沙優的母親是真心愛著沙優的父親。

於是她排除丈夫的反對，沙優就這樣出生了。

「結果……家父離開了家母身邊。目前他已經和別的女性再婚，但我不清楚是否過得順利。畢竟家父生性如此……」

生性如此，應該是指以貌取人，還有多情的特質吧。一颯貌似看淡一切地說道。

「對家母而言，沙優理應是她跟家父的愛情結晶，待事過境遷，就成了家父不愛她的證明。後來的情形……我想你恐怕聽沙優說過了。」

我無法立刻開口。

從沙優那裡，我只聽說母親對她的態度實在太過分，然而聽完這段往事，我也不忍心全部怪她母親。

坦白講，沙優的父親在我看來就是個雜碎，話雖如此，沙優不受母親疼愛的原因是否只出在父親呢？我認為也不盡然。

有種種的因素跟感情交纏糾結，害沙優背負了不幸。

「……令人無奈呢。」

我好不容易講出來的就是這句話。

對此，一颯也無言地予以肯定。

「沙優小時候，也曾是個天真無邪的孩子。笑容可愛，而且活力充沛。可是，家母始終沒有疼愛過她。當沙優長到懂得那些的年紀時，她已變成在家母面前幾乎不會露出笑容的孩子了。」

話說到這裡，一颯緊緊握住了擱在桌上的拳頭。

「那真的……讓我很難過。」

訴說這些的他，著實是一臉痛苦。

「只有我一直想著要疼沙優。實際上，我自認都有那樣做。不過……」

一颯深深吐氣，並且搖頭。

「光靠我是不夠的。我往往能感受到沙優的孤單。」

如此告訴我以後，一颯接著就閉起眼睛。

「……對小孩來說，父母的疼愛是必要的。」

他說道。

而那句話，十分沉重地在我的內心響起。

我想我一直都是在父母的疼愛下長大成人。因此，我想我並無法真正去理解，不受父母疼愛的小孩會是什麼心情。

然而，要我想像從小就不受父母疼愛，還被充滿敵視的目光看著長大，光想像便覺得可怕。

除了父母之外，當兒女的到底要依靠誰活下去才好？

「就這方面而言。」

一颯悄悄地把視線轉向我。

「吉田先生，或許對沙優來說……你是她打從出生至今，第一個有如父母般的存在。」

說著，一颯就再次對我深深低下頭了。

「……萬分感謝。有你……肯珍惜沙優。」

「不，哪的話。」

請你抬起頭——我本來想這麼說，卻看到一颯的肩膀在發抖，就把話吞了回去。隨後，一颯從口袋裡拿出手帕，抵住了自己的眼睛。

「不好意思。」

「不會……沒關係的。」

一颯是認真在替沙優著想。那一點，從他到目前為止的懇切語氣就能明顯感受到。如此為沙優著想的一颯，正準備要帶沙優回家。先不提之後情形會是如何，由我予以阻止的念頭已經消失無蹤了。

話雖這麼說，我心裡仍希望能以沙優的意願為優先。

「我想……沙優大概還沒有鞏固好回家的決心。雖然……我也想設法提供助力，但……就我聽到的來判斷，感覺那並不是會讓她自發想回去的家呢。」

我盡可能一面體恤對方，一面口拙地把話攤開來講，而一颯也緩緩點了頭，表示同意。

「我也是那麼認為。不過……蹺家期間再繼續拖長下去，沙優回家以後難保不會受到更糟的待遇。無論如何，未成年的沙優不回家總是不行的。」

「……說得也對。」

照一颯所言，據說家長會開始在擔心沙優的安危了。假如人已經蹺家半年以上還行

蹤不明，這種事情要是傳出去，肯定會成為大問題吧。

那樣的話，就連我也無法倖免於難。

儘管我能抬頭挺胸地說自己並未做出有違道德的事，卻明確地違反了法律。

考慮到這一層，我就無法不負責任地表示：「即使這樣我還是要把沙優留在身邊！」就算講了也得不到一颯的認同吧。

「……雖然只剩下幾天，沙優麻煩你照顧了。」

一颯用了有些消沉的口氣這麼告訴我。

「……好的。」

對此，我也嚴肅地頷首答應。

在我們倆對話中斷的同時，餐點送來了。

一颯換掉先前的表情，對我微微一笑。

「好了，鬱悶的話題就談到這裡，我們來用餐吧。這裡的菜色無論嚐什麼都很美味。」

「那就承你美意……我開動了。」

為避免鬱悶的氣氛滯留不去，我也盡可能開朗地回話。

我點了名字看不太出來是什麼花樣的茄汁義大利麵，不過才吃一口，我就知道那種美味顯然與家庭餐廳或別處的義大利麵屬於不同次元。

早上剛起床的空腹感被喚醒，我一股勁地吃起了義大利麵。

＊

「那麼，後會有期。下次我會來接沙優。」

「在那之前，我也會努力盡我所能。」

用完餐點，一颯又開車送我到家。

接著，簡單問候過幾句，一颯的車就開走了。目送車子直到看不見以後，我回到了家裡。

我打開玄關的鎖，走入家裡，拘謹地坐在客廳的沙優就進入眼簾。

沙優盯著我這邊說道：

「歡迎回來。你去哪裡了呢？」

「我回來了。」

我脫下鞋子，回到客廳。

「我跟妳大哥去吃了頓法式餐點。」

我如此回話，而沙優訝異似的瞪圓了眼睛，然後冒出一句：「這樣啊。」

「妳剛醒來嗎？」

「是、是啊……對不起，我睡了好久。」

「沒什麼好道歉的嘛。反正是假日。」

「嗯……」

沙優答得有所遲疑，隨即沉默下來。

我覺得在家裡穿外出用的服裝不自在，就匆匆地換起衣服。

回想起來，沙優剛來的時候，我連換衣服都有點戰戰兢兢，最近倒完全習慣了。

當我換好家居服以後，沙優開了口：

「……大哥他，都說了些什麼？」

「妳指的是什麼？」

我反問，而沙優為難似的把視線落到地板上了。

「我會在意的什麼……就是什麼嘛。」

沙優那副模樣很可愛，我忍不住笑了出來。

「他並沒有講妳的壞話啊。」

「那個嘛……哎，大哥是不會說那種話啦。」

「倒不如說，我覺得做哥哥的當真很疼愛妳，看他那樣。」

「疼愛……！呃，會嗎……」

沙優臉紅地變得慌張失措，然後才稍微壓低音量，點了頭。

「也對……大哥非常關心我。」

「妳跟那麼重視妳的人斷絕聯絡，我覺得這一點實在要反省才對喔……哎，雖然我也能理解妳的心情啦。」

「嗯……那件事，我已經在反省了。」

看到沙優消沉，我也跟著反省自己又無謂地說教起來了。重提她本人心知肚明的這些事情，簡直無用至極。

「……我說啊，妳還會怕嗎？」

我問道，而沙優將目光落在低處以後，緩緩點了頭。

「……嗯。我怕。」

「這樣啊……也對啦。」

我也予以肯定。感覺她不可能不怕。

「我想……無論經過多久，能讓我不怕回去那裡的日子都不會來到。」

「……或許是吧。」

「不過呢。」

沙優倏地抬起視線，望向我。她的眼神有幾分毅然，使我也別不開目光。

「我知道，不回去是不行的。」

「……是嗎。」

我有種難以言喻的心情，姑且應了她一聲。

「只剩做好心理準備……就這樣而已。」

沙優說話，稍微在發抖。

「不過……我還是會怕呢。」

「……也對。」

我想沙優比剛來到這裡時，更能坦率地講出自己的想法了。

那肯定是好的改變，我對那感到慶幸。

感覺沙優來這裡以後有了許多改變。那是成長，或者退化呢？我想那必須由她自己來決定，不過跟我相處讓沙優內心有所變化，結果要是能改善她的人生的話，想必是相當美好的事。

剩下幾天的時間，我能為這孩子做些什麼？

當我一邊思索這些，一邊望著沙優時，她忽然抬起視線，目光交會了。

「不過，我會先照往常那樣把事情做好喔。」

沙優那句話，並沒有帶著先前不安的情緒，精神奕奕得彷彿重啟了某種開關。

「我會努力做家事和打工，做完那些以後就放空休息，麻美來找我的話就跟她聊天……」

說到這裡，沙優露出了平靜的表情。那副表情，讓我看得有點入迷。

「再享受一下僅限於這裡的日常生活……也是可以的吧。」

沙優說的「再享受一下」，使我感覺到胸口隱隱作痛。

明明這是早就知道的事情，意識到跟她一起生活的期限將至，果然內心還是覺得難受。

「吉田先生，有什麼想吃的菜色要跟我說喔。我會多加把勁下廚的！」

「好、好啊……」

看沙優活潑地說著笑了出來，我也點了頭以免讓氣氛變得黯淡。

「這個嘛，有想到要吃什麼的話，我會立刻跟妳說。」

「要記得喔！」

沙優毅然點頭，然後站起身。

「好，既然睡過頭了，就先從洗衣服開始努力吧。」

沙優自我打氣似的這麼講完以後，便走向洗衣機了。

看著她那樣的背影，我體會到，有幾分奇妙的落寞。

第11話 證明

跟沙優度過的每一天在轉眼之間過去了。

工作必定準時下班，回家後則盡量跟沙優聊得久一點。

沙優比平時更加用心做菜，每次開飯，都相當美味可口。

「我有把食譜寫成筆記留下來，你偶爾也要自炊比較好喔。」

我一邊對這麼說的沙優點頭表示「太有幫助了」，一邊避免正視沙優即將不在的非現實感。

這個星期，沙優真的就要回北海道了。

自從沙優的哥哥在星期六來訪，我就一直努力避免對沙優拋出「做好心理準備了嗎」這樣的疑問。沙優也一樣，都沒有對我提到那方面的話題。

在這一星期之間，我有種比平時更加「愛惜」日常生活的感覺。雖然我不清楚沙優是怎麼想的，然而，她所想的是不是跟我一樣呢？我不由自主地這麼擅自思考。

「跟你說喔，我今天有個想去的地方。」

用晚餐時，沙優突然這麼講，因此我暫且放下了筷子。

「要在這種時間出門？」

我一問，沙優便點頭如搗蒜。

「就是要挑這種時間才可以啊。」

沙優說完以後，就迅速起身，並且將窗簾拉開一小片看向天空。

「……幸好，天空是放晴的。」

「？」

我頭上的問號並未消失，沙優就嫣然一笑告訴我：

「要不要去看星星？」

「星星？」

「對，星星。有個地方可以賞星喔。是麻美跟我說的。」

「啊啊……昨天晚上，妳們兩個在晚餐前出門就是去那裡嗎？」

「嗯，之前她帶我去過一次，但是我沒有把地點記清楚……」

沙優說完以後，就從口袋裡拿出了智慧型手機。

「昨天我請她再帶我去一次，還把地點記錄下來了。」

沙優說著就開了地圖ＡＰＰ給我看。

表示她不惜費那麼多工夫也想讓我看看那片星空吧。

「……我明白了，那吃完飯就出門吧。」

我頷首，而沙優開心地笑著點了頭說：「嗯。」

這麼說來，我當學生時，曾在晚上練完社團活動回家的途中仰望天空，就發現星星看起來好清楚——我想起有這麼一回事。

等我長大成人，搬到這裡住以後，能不能看見星星這種事情，說不定我一次都沒有注意過。

不曉得沙優想讓我看的星空會是什麼樣的？我稍微雀躍起來了。

吃完晚餐，抽過一根菸以後，我就跟沙優一起離開家裡。

「是走路可以到的距離嗎？」

「距離有一點點遠，不過用走的完全可以喔。差不多要二十分鐘吧。」

「二十分鐘啊。哎，算是不錯的飯後運動。」

我瞥向時鐘，才過晚上八點鐘而已。

即使要看星星放鬆一下，以時間來想也能在符合常識的時刻回到家，因此姑且能放心。

「沒想到，在街燈明亮的地方也能看見星星呢。」

沙優在旁邊突然說道，我便照著她的話仰望天空，確實可以看見有星星浮在天邊。幾乎沒有雲朵，賞心悅目。

「真的耶。我都不太會去注意。」

我說道，沙優便嘻嘻地笑了。於是，她接著嘀咕了一句：

「剛來到東京的時候，我記得自己曾經有想過：『這是座不太能看見星星的城市呢。』」

「妳是指……跟北海道比嗎？」

沙優靜靜地對我的疑問頷首，然後答道：

「對。在那裡，星星真的美到令人煩厭的地步。」

沙優一邊這麼說，一邊露出了凝望遠方某處的表情。她肯定是想起了往事吧。星空以外的事情……應該也有回想起來。

「不過我從小就看慣那片星空，所以來這裡時就嚇了一跳。居然會這麼難看見星星呢。」

「這樣啊。」

我並非不感興趣，然而，我盡可能不表露感情地應了聲。因為我覺得那樣肯定比較好。

「不過，我只有一開始在意過那種事情。後來我都渾渾噩噩地思考著繼續逃亡的方法，所以很快就忘記星星的事，適應了大都會。」

「……這樣啊。」

沙優淡然地道來。我偷看她的臉龐，倒沒有特別散發出悲壯感。

在她心裡，或許以往走來的艱辛路途，都已經被視為「過去的事情」處理掉了。否則，我想那些話並沒有辦法說得這麼輕描淡寫。

不管怎樣，她已經向前踏出了一步。

從心靈受制於過去，而始終停滯不前的處境，正準備朝未來邁步前進。

我一邊想著這些，一邊看著沙優的臉龐，忽然間，她抬起臉看了我這邊。

「所以呢，等下要去的地方，之前麻美帶我到那裡看星星時，我嚇了一大跳……原來都會區也有地方可以像這樣賞星。」

我一邊聽沙優講話一邊走路，回神後才發現，周圍已經不是我所認得的「鄰近街道」了。

「並不是在都會區就看不見星星，只是我待在看不見的地方，所以才看不見呢，那使我有了這樣的想法。」

我們應該位於走路離家還不到十分鐘的地點才對。

可是，連在這裡住了好幾年的我，都已經分辨不了自己的正確位置。前往公司，工作，下班就回到家裡，睡覺。在如此反覆的過程當中，連住處的步行範圍內有「可以看見星星的地方」這一點，都不可能注意到。

「吉田先生。」

「嗯？」

被沙優呼喚的我轉頭望去，她的視線，卻依舊凝視著前進的方向。

不過，唯有心思是放在我這邊的，我大致可以從她身上感覺到。

沙優靜靜地說道：

「我想，無論去哪裡……實質上都不會有什麼改變。」

沙優那句話，讓我微微地倒抽一口氣。

她想表達的意思，我還無法理解。可是，在她的話裡，卻蘊含著不容分說的奇妙沉重感。

沙優肯定是「有所理解」，才說出了那段話。

「環境改變，相處的人就會改變……多多少少，會變得輕鬆點，變輕鬆以後……就一路追尋救贖而不停逃避到現在。」

沙優淡然地繼續把話說下去。語氣沉穩。

「但是，果然我本身不改變是不行的……我總算，實質體會到了那一點。」

話說到這裡以後，沙優便悄悄地，把視線投注於我。

「吉田先生，都是托你與你身邊人們的福喔。」

「……這樣啊。」

聽沙優直接講出這些話，我有種難以言喻的心情，就把目光從她身上別開了。

今天跟沙優對話，讓我逐漸體會到一件事。

那就是……能讓她邁出步伐的解答，肯定已經存在於她的心裡了吧。

接著她只需要勇氣，回到「具備形體的過去」，也就是母親身邊。

「好，大約再走半分鐘就會到嘍！」

「原來我們已經走了這麼久啊？感覺還滿近的耶。」

「一邊講話很快就到了嘛。接下來，要爬這段坡道喔。」

沙優說著便用手指向了平緩坡道的入口。這條路明顯是通往小山丘的方向。

「……抵達那裡之前，該不會都是上坡吧？」

「是啊。」

「喂喂喂……妳這是在逼大叔運動耶。」

我所說的話，讓沙優嘻嘻地笑了。

我一邊側眼望著她的笑容，一邊思考著「再過幾天就要跟這張笑容道別了嗎」這樣的念頭。

胸口有些痛楚，而我努力試著不去在意。

＊

「呼～到嘍。」

「比我想像中還要吃力……」

爬上山丘以後，儘管夜裡涼颼颼的，身體卻已經暖和到微微發汗了。

「妳們兩個女高中生，居然騎著腳踏車來過這種地方啊。」

「我也想過那一點……那大概是電動腳踏車吧，只是我沒有發現而已。」

我們倆一邊聊著這些，一邊踏進位於山丘頂部的公園草坪。

「吉田先生，在這邊喔。」

沙優率先躺到草坪的中央，還用了仰臥的姿勢。

「唔哇，地面好冷。」

「喂喂喂，妳這樣不會弄髒衣服嗎？」

「沒關係啦，反正洗衣服的是我。吉田先生，你也快點來嘛。」

唷咻——被沙優一催，我坐到草坪上，然後仰身躺下。

於是乎，眼前頓時出現了整片星空。

「唔哇……」

我忍不住出聲讚嘆。

星星看起來遠比想像中美麗。

「很漂亮吧。」

旁邊的沙優有些自豪地這麼說了一句。

「是啊……」

感覺真的很久沒看見這麼明亮的星光了。

「欸，吉田先生。」

躺在旁邊的沙優對我咕噥。

四下寂靜，即使是小小的聲音，也聽得很清楚。

「來這裡的時候，麻美跟我說過。」

「她怎麼說？」

「從星斗來看，我們的格局固然渺小，即使如此，我們每個人都有各自的歷史，也有各自的未來……她是這麼說的。」

「呵。」

我忍俊不禁，可以曉得沙優正用視線扎在我的臉龐。

我並不是因為內容可笑才笑了出來。

「我在想，那孩子實在不像高中生耶。」

「是啊……呵呵，麻美她……非常成熟呢。」

「抱歉啦，打斷妳講話。」

「不會，沒關係。」

沙優又把視線移回星空，繼續說了下去：

「聽到她那麼說，當時……我總覺得好安心，就忍不住哭了。」

「安心？」

「對……麻美她呢，對於我慘痛的過去，給予了肯定。她說我依然走了過來，而且活得十分努力。」

沙優感慨萬千地說道。

正是如此。沙優背負著高中生想必無法承受的悲傷過去，也還是一直在追求「救贖」。即使她走過了一段並非能獲得他人認同的路途，她想盡量「變得比現在更好」而掙扎過的事實，仍不會消失。

「不過呢，現在想想。」

沙優用微微發抖的嗓音，發出嘀咕。

「我想那雖然是『寬恕』，同時卻也是無可奈何的『現實』。」

沙優說的話，好似被星空吸進其中，靜靜地迴響著。

我默默地，聽著沙優說那些話。

「往後無論我活了幾年，即使相處的人有所改變……我像這樣一路逃到這裡的經歷，依然會保留在我心中。」

「……妳說得對。」

「即使有別人原諒我、肯定我，事實仍會一直保留。光是因為內心希望逃離家裡，我就捨棄了許多相當寶貴的東西。我辜負了重視我的人……」

我不禁，看向沙優的臉龐。

她淡然地繼續談著，明顯對自己也會造成負擔的話題。

難道說，沙優不難受嗎？如此心想的我看向她，而那種想法，卻立刻就消失了。

她的眼裡映著星空，十分美麗。而且，我從中感受到……有股不可思議的「堅毅光

芒」，並非只用眼裡倒映的星光就能夠解釋。

「我犯下的過錯，是不會消失的喔，永遠不會。」

沙優說到這裡，就悄悄地朝我望了過來。她的視線有幾分成熟，讓我為之心動。

「不過呢，吉田先生。」

沙優一邊說，一邊握住我的手。沙優的手，十分冰冷。

「……即使如此，這段糟糕透頂的逃避之旅來到最後……我遇見了你。」

我沒辦法從沙優眼前別開目光。

我始終與沙優相望，等著她把話說下去。

「如果沒有遇見吉田先生，或許我會一直無法正視自己的過錯，而走向更糟的地步。」

更糟的地步是指什麼，這我並不了解。然而，我只知道她那麼說，當真就是字面上所顯示的含意吧。

「是在遇見吉田先生以後，一切才『變好』的。我已經很幸福了，幸福得不想脫離現狀。」

「……」

那些話，在我的耳朵裡翻攪。

「我覺得……我會想，一直待在這裡喔。」

沙優凝望我的眼睛，緩緩地這麼說道。

而我，該怎麼回話才好呢？

我想要說些什麼，然後停住……如此反覆之間，沙優就嘻嘻笑了出來，並且說道：

「但是呢……我留在這裡是不行的。」

「……咦？」

我不禁發出糊塗的聲音，而沙優又把視線轉回星空了。

她和我的手依然牽著。在不知不覺中，溫度從我的手傳到沙優的手，好溫暖。

「我一直留在這裡的話，結果就依然沒有面對過去……依然沒有做出了斷……那樣會變成從頭到尾都在逃避。」

她這麼說。

然後，沙優緊握我的手，力道變強了。

「荻原沙優的歷史，會變成從頭到尾都在逃避的歷史。那樣的話……」

我看見，從沙優的眼角，流下了一道淚水。

她懇切地，準備吐露出，某種寶貴的感情。

而我，只能傾聽。不，我想那就是我目前的職責。

沙優用盈淚的眼睛，望著我。

「那樣的話……肯定也會浪費掉，跟吉田先生相遇的緣分。」

那句話，好似壓在心頭上，沉沉地響起。

沙優一邊哭，一邊卻也帶著微笑……將語句慢慢地編織成串。

「吉田先生，我由衷覺得能遇見你真好。不……我並不是覺得，而是『明白』。」

沙優撐起身體，將另一隻手，也疊到了我的手上。

形同被沙優從上窺探的我，跟她目光交集。

「我呢，能遇見吉田先生，真的太好了。」

沙優明確地如此斷言。

心坎裡一陣溫暖。

我也是……這句話，還沒來得及脫口而出，沙優又繼續說了下去：

「所以說。」

感覺她眼中蘊藏的力量變強了。

沙優吸了吸鼻子，然後說道：

「我覺得我要證明那一點才行。」

「……證明？」

「沒有錯，證明。我要證明在我的人生中，跟吉田先生相遇是件好事。不只是我自己認同，我還要用任誰看了都會那麼覺得的形式證明出來。那樣的話，那樣的話……」

沙優連珠炮般說到這裡以後，深深吸了口氣。

接著，她忽然微笑，嘟囔似的說道：

「那樣的話，即使孤單一人，我大概也能活得下去。」

如此表示的她，臉孔看起來並不像高中生。

在我眼裡……她是一名成熟的女性。

……啊啊，我懂了。

我深深吸氣，然後吐出。

在我心裡，有股謎樣的亢奮，還有與其相反的風平浪靜。

聽了沙優說的話，看了她的臉孔……我理解到。

沙優她，已經不要緊了。

她累積起力量，要獨自走下去了。

「……是嗎？」

我佯裝沒發現自己講話帶了些鼻音，並且點頭。

「然後呢，妳說要用任誰看了都會那麼覺得的形式證明出來……是打算怎麼做？」

我問道，而沙優嘻嘻地笑著看我。

「你知道的吧，意思就是——」

沙優說著，便緊緊握起我的手。

「我要回到家裡，跟過去做出了斷……然後成為大人。」

沙優說的話，又一次，讓我的胸口揪緊了。

因為，那是她完全「做好心理準備」才會說的話。

沙優總算從口中，自發性地，講出了那樣的話。

那樣的事實，令我顫抖。

「我一直在思考。在這趟逃避之旅，我能帶回去的收穫是什麼？」

沙優凝望著我的眼睛，並且說道。

「總算遇見了能讓我發自內心感到安心的人，不過，卻要跟那個人分開……那我能藉此獲得什麼呢？想到這一點，我就覺得害怕。但……」

沙優的雙手，緊緊地握住了我的右手。

視線交會。

於是，沙優「憨憨地」笑了笑，然後告訴我。

「吉田先生，因為我遇見了你。」

那是在剛才也聽過的話。

不過，我很清楚，她再一次這麼說有何含意。

「是啊……」

我拚命壓抑，不讓熱流從心坎裡湧上。

「光是能遇見吉田先生，就是我的『收穫』了喔。」

沙優如此斷言。

接著她深呼吸以後，又躺到了我的旁邊。

「所以……你要為我加油喔。」

沙優小小聲地，用小小的音量，這麼告訴我。

「……那還用說。」

我也用小小的音量這麼回答，而沙優嘻嘻笑了笑，然後沉默下來。

我們倆，朝著星空，望了很長一段時間。

途中，星空變得模糊，看不清楚了。

眼眶裡，好熱。

再過兩天，沙優就會回去北海道。

第12話 好友

「啊，糟糕。手機電池沒電了。」

午休時間，我從口袋拿出智慧型手機，就發現沒有辦法開機。這麼說來，昨天晚上我打算先充個電卻忘記了。

「哎呀呀，但是前輩就算帶著手機也用得不多吧。」

「哎……的確。」

三島一語道破，我卻含糊應聲。

實際上，正如三島所說，我頂多只有加班或者跟同事在外用餐而被迫晚歸時，才會用手機跟沙優聯絡。不過，重要的日子已經逼近，在這種情況下聯絡不了沙優總覺得心裡不安穩。

「前輩，話說你沒有帶充電器嗎？」

「一直都插在床上方的插座。」

「哎呀……我的跟前輩規格又不一樣。」

聽了三島那句話，我忽然想起橋本用的手機。

「我說橋本。」

「嗯，我的大概跟你規格相同。東西我有帶來，之後借你用。」

「得救了。哎，只要傍晚前能充到電就好。」

「了解。」

橋本一邊回話，一邊啜飲員工餐附的味噌湯。

「記得是明天沒錯吧？」

然後，他心血來潮似的看向我這邊。

「什麼明天？」

「沙優回去的日子。」

「啊……」

難得由橋本提起沙優的話題，讓我覺得這傢伙對沙優也滿關心的。

「對啦。就是明天。」

「這樣啊……令人寂寞呢。」

「你又沒有跟她見過面。」

「不是啦，吉田，我是在說你。」

被橋本一說，我不禁語塞。

「我……」

「每天回到家就會說『歡迎回來』，還幫你準備飯菜和洗澡水的人突然不在了耶。肯定寂寞的啦。」

聽橋本再三強調，我完全無言以對了。

「沙優回去以後，家事也都要前輩自己做了嘛。不只寂寞，還會很辛苦呢。」

三島也好似幸災樂禍地抓準機會消遣我。

平時我會扯開嗓門回嘴，今天卻莫名其妙地提不起勁。

「說得也對……」

我洩氣地回話，而他們倆望向彼此的臉以後，露出了苦笑。

「哎，你今天照樣準時下班，享受最後一段時光吧。」

「享受嗎……」

無論如何，今天就是我跟沙優共同生活的最後一個日子。

不知道在最後一天，要用什麼方式收尾，才能讓她帶著積極正向的心情回家？

我一邊思考這些，一邊吃午餐，轉眼之間就到了下午的開工時刻。

今天非得處理到一個段落的業務還不少。如果不專心弄完，會來不及準時下班。

我從餐廳回到辦公桌，趕緊又開始工作了。

＊

下班時刻接近，今天的業務解決得差不多了。

專注於工作的心思驀地中斷時，我想起自己的手機。這麼說來，電池已經沒電了。

「橋本，能不能跟你借充電器用？」

「啊，對喔……」

橋本似乎也忘得一乾二淨了，他從自己的辦公桌抽屜拿出充電器，然後遞來給我。

「多謝。」

「用完就先幫我擺回這裡。」

橋本敲了敲剛才拿出充電器的抽屜，見狀，我一語不發地點頭。除了整體部門忙著趕進度的時期以外，橋本都會名副其實地「準時」下班回家，跟他借東西要是沒有事先講好要放回哪裡，對彼此都麻煩。

我把充電器插到插座，並且接上手機。沒多久，全黑的螢幕上就出現了充電中的斗大圖示。這種狀態下等個幾分鐘，手機就會自己開機才對。

我暫且將手機擱在一邊，並專注於剩下的工作。

於是，恰好在我將今天的業務全部處理完的時間點，通知手機重新啟動的震動聲，就從我的手機傳來了。

我想大概沒有什麼訊息發過來，卻還是點擊螢幕確認系統通知。

然而一反預料，今天收到的通知有三則之多。

第一則通知是提醒有未接來電。看號碼是沙優打來的。有什麼狀況嗎？我心想，不過她並沒有用語音留言，或許就不是多緊急的事情。然而若非急事，傳文字訊息應該就夠了。

我一面感到疑心，一面確認其他通知，就發現下一則是來自麻美的訊息。

看了她傳來的內容，我感覺到背脊冷汗直流。

『吉田仔，你今天是跟沙優妹仔出門去哪裡了嗎？我按了好幾次門鈴都沒人回應耶。』

在這段訊息的幾分鐘以後，她又發了一則。

『咦？門鎖好像是開著的耶，沙優妹仔也不在。怎麼搞的啊？我傳訊也都沒有顯示已讀。你知不知道什麼？』

我反射性地從辦公桌前起身。可以感受到坐在附近座位的所有人都把目光朝我集中而來。

糟糕——如此心想的我坐回位子，呼吸卻變得短促，黏汗流不停。

「怎麼了嗎？」

旁邊的橋本狀似納悶地把目光投向我。

我用發抖的聲音回答：

「沙優好像不見了。一小時前她打過電話給我，之後就沒聯絡。跟沙優要好的女生發了訊息過來，說沙優不在家。」

「……那樣沒問題嗎？她該不會是遇到了危險，就像你上次早退時一樣……」

「我不知道。總之要跟沙優聯絡上才行。」

我急忙拿手機點擊起來，橋本就突然抓住我的手腕，制止了我。

「怎樣啦？」

「你可以一邊走一邊弄。準備回家吧。」

「啥?不對啦,下班時間還沒——」

我正要開口,橋本就帶著前所未見的氣勢打斷我講話。

「你在講什麼啊?現在不是工作的時候吧。吉田,你應該多想想,當下對自己來說最重要的是什麼。其實你自己也明白吧。」

橋本說完要說的話,就從辦公桌前起身,碎步趕到了後藤小姐的座位。

隨後,他用連我這邊都能聽見的音量說道:

「我身體不太舒服要早退。吉田的狀況也不太好,所以我送他一程。」

橋本這段謊話光明磊落過了頭,讓後藤小姐狀似遲疑了幾秒,但是她也朝我這邊看了幾眼,接著她大概是察覺到狀況,就回答說:「我明白了。」

「上面那邊我會幫忙交代,你們可以走了。不過……責任要自己負喔。」

「好的,非常感謝妳。」

我們明顯是說謊話早退。上司那邊的觀感,肯定並不好。我想她提到「責任」一詞,指的就是那個意思。

當我對橋本不符作風的迅速行動看得一愣一愣時,他立刻就回來了。

「好啦,你還發什麼呆。要走嘍。」

「對、對喔……」

「我們倆先失陪了！」

橋本用身體有恙的人恐怕發不出來的音量打了招呼，同事們就用明顯感到困惑的語氣回答：「辛苦了……」我也跟著說了一聲：「失陪。」並且匆匆離開公司。

我搭上橋本的車，繫上安全帶，他就用了比平時講話更快的速度問我。

「吉田，你住的地方沒變吧？」

「是啊……這麼說來，你開車到過我家嘛。」

不記得那是什麼時候了，我想起橋本曾經帶他的太太來我房間玩。

「沒變啊。」

「我知道了。我大致有印象，你指示小路怎麼開就好。」

橋本簡短說完就開車出發。

這幾分鐘間，我曾猶豫該怎麼跟默默開車的橋本搭話，最後我說了聲：「謝謝。」

橋本沒有回答我。

沉默再次瀰漫於我們倆之間，幾分鐘後，橋本將其打破了。

「總覺得很氣人。」

「咦？」

平時橋本不太會講重話，這使我感到驚訝。他依舊頭朝前方，繼續說了下去：

「老實說，從你說出撿了個女高中生回家時，我就覺得事情大概會演變成這樣耶，吉田。」

「你說演變成這樣是指？」

「意思是你的腦子裡會變得全在想那個女孩。」

聽橋本這麼說，我啞口無言。

「呃，沒那回事吧。」

「有喔。缺乏自覺的話就更加糟糕。你又不是小學生……」

橋本有些蠻橫地拐彎向右，因此我失去平衡，還差點撞上副駕駛座的車窗。

「你最近腦子裡想的全是沙優。」

橋本嘀咕似的說。

「我認為那本身並不是壞事。就我聽到的事蹟來判斷，你有好好地保護那女孩。雖然從法律角度怎麼看都有罪，以為人而言倒不算壞事……我身為朋友是這麼覺得。」

「要不然，你是在氣──」

你是在氣什麼？我想問橋本，於是他又蠻橫地從十字路口轉了彎。車體搖晃作響，這次我就真的一頭撞上車窗了。

「你開車就不能小心點嗎？」

「因為在趕路嘛。」

橋本毫不慚愧地說道，但他絕對是故意的。

「吉田，我明明早就知道那對你來說很重要，你應該也心裡有數了，但你卻努力避免讓自己開竅，直到紙包不住火。那實在很氣人。」

橋本毫不掩飾憤怒地這麼說道。他平時脾氣真的很好，還是個連工作上有怨言時，都會嘻皮笑臉地講出來的傢伙。

而那樣的他，明確地「動了肝火」。跟橋本長年來往的我也是第一次看到他這樣。

「在那種情況下還管什麼工作。你明明就一副忍不住想要趕回去的臉。」

橋本拋下這麼一句話，還用眼角餘光短短地瞥了我。

「真正重視的事物，要是不自己察覺，會耽誤到你自己喔。」

橋本只講了這些，又把視線轉回前方了。

我在內心反覆玩味那句話。

真正重視的事物，要是不自己察覺，就會耽誤到自己。

感覺上，那對目前的我來說，似乎是相當寶貴的教誨。

「讓沙優一個人回家，你會擔心吧。」

橋本說道。

我無法立刻回話。不過，我認為他說的是事實。

「不過那是表面上啦。」

橋本說道。

「當然，你應該也是擔心沙優的。但是並不只那樣。」

橋本說到這裡就把話打住了。

號誌正好轉成紅燈。車子停下。橋本好似要看透我的眼底而凝視過來。

「你排斥的是跟沙優分開這件事。」

那句話，讓我覺得自己的心臟好像被人徒手掐住了。有如內臟絞痛的感覺。

「不，我只要……她往後過得幸福，那就好。」

「那麼，你認為她能過得幸福？就這樣回家的話。」

一針見血。

我顧慮的就只有那一點。

我明白，她非得回家才可以。狀況變成不得不就範了。

但是，那樣解決的話，到頭來只是讓她母親得到方便而已。

明明沙優不惜逃到這種地方，好不容易才能露出坦率的笑容，難道又要讓她回家而失去那副笑容嗎？一想到這點，我就牽掛得不能自已。

「你的臉，透露了一切。」

聽橋本說完，我恍然大悟。

「好友的想法……我就是能理解啦。」

號誌燈轉綠，橋本再次踩下了油門。

我們倆，又變得沉默不語。

於是，我面對的疑問又回到原點。

我該為沙優做什麼才好？還有，身為當事人的她，目前去了哪裡？

我想，她應該不會遇到危險。畢竟我已經體驗過好幾次沙優不見的事態，然而每次都是出於沙優自發性的行動所致。更何況，考慮到今天這個時間點，想成沙優是自發性地消失的，我覺得合情合理。

「你對她會去哪裡有頭緒嗎？」

橋本把問題拋來。

「呃……倒不是沒有，不過得全部找一遍……」

我答道，而橋本忍不住笑了出來。

「那可就累了。」

橋本只說了一句，並且稍微加強了踩油門的力量。

一回神，所見街景已經是離我家最近車站的隔壁站了。

「原來開車比電車快啊？」

「離你家最近的車站，是位在彎道多的路線嘛。先送你回家就行了嗎？」

「是啊，幫了大忙。」

「找人也用汽車代步吧。那樣比較快。」

「……多謝。」

「你可以等找到沙優再道謝啦。」

橋本這麼說完以後，就稍微壓低了音調，繼續告訴我：

「吉田……如果有真正重視的事，你最好不顧一切地去做。你們倆對彼此來說，已經是互相需要的存在了。擔心她的話，就看你要不要克服萬難跟著去。」

「你說跟著去，是指到北海道？」

「對啊。」

「連你都這麼說……」

我把頭往旁邊一轉，橋本就忍不住笑了出來。

「怎麼，三島也對你講了一樣的話？」

「你怎麼知道是三島啊……」

「呃，我覺得她會講。」

橋本的洞察力敏銳。說不定，連工作方面在內，橋本也已經看出三島的性格了。

「工作總會有辦法應付。倒不如說，做工作是為了拿錢，就算無法搞定，我也管不了那麼多啦。」

「欸，那樣太不負責任了吧。我已經是專案的核心成員了耶。」

我回嘴，而橋本又用眼角餘光看我。

「那樣的話，沙優的事也一樣。」

橋本用的語氣較重。

「你已經踏進沙優所處的問題核心了。而且，沙優也需要你。事已至此，你還唯唯諾諾地讓沙優一個人在北海道努力，難道就算負責任嗎？」

「……一碼歸一碼。」

「都一樣。沒有什麼不同。剩下的問題，就是對你來說，哪一邊比較重要吧。」

橋本說到這裡以後，就微微地嘆了氣。

「……為什麼我非得用這種教小孩的方式開導你啊。」

「……抱歉。」

話都說到這個份上了，我也沒有傻到對自己的心思渾然不覺。

橋本對著沉默下來的我，又說了一次。

「工作方面，我想沒問題的啦。吉田你留了夠詳盡的作業手冊，需要老鳥處理的業務就交給我跟遠藤等人，新內容讓三島去辦就行啦。」

「是嗎……」

「我不多說了。剩下的你自己決定就好。」

橋本改回平時的溫和語氣，並且這麼說道。

「在這裡左轉對吧？」

突然被橋本一問，我倏地把心思放到車窗上，就發現車已經開到眼熟的街道。離我家最近的車站。

「是啊，在這裡左轉沒錯。」

「沒想到我還記得滿清楚的呢。」

橋本哼了一聲，然後流暢地開向通往我家的路。

車很快就到了我家，因此我告訴橋本：「你稍等一下。」並且急忙爬上通往我家的樓梯。

我想要打開玄關的門，才發現上了鎖。開了門鎖，再打開玄關的門以後，便發現麻美坐在客廳。

「原來家裡有妳留著啊。」

「鎖開著還沒人看家就糟糕了吧。」

「幫了大忙。」

「沙優妹仔她……看你的樣子，人還沒有找到吧。」

麻美嘆口氣，然後搖頭。

「能想到的地方，我姑且都找過了，打工處去過，只有我跟沙優妹仔知道的地方也去找過。哎，但是她都不在。」

「我姑且問一下，矢口人呢？」

「矢口還有班。我想只要去超商就能見到他。」

「呃，在上班的話就無妨。萬一沙優被拐走，我只能想到是他幹的。」

「那傢伙真不受信任耶～哎，雖然他有前科啦。」

麻美傳給我的訊息在字面上顯得著急，她本人卻表現得有幾分鎮定。

「看妳還滿鎮定的。」

「我急也沒用啊。」

「話是那麼說沒錯……妳總不會把沙優藏起來吧？」

「才不會呢，那樣對沙優妹仔又沒有幫助。」

我直盯著麻美的眼睛，然而看不出說謊的跡象。

「我會多找幾個想得到的地方……不好意思。」

「沒關係啦，反正我回家也只會坐立不安。我留在這裡。」

麻美的腦袋很靈光，在我相求之前就爽快答應了。萬一沙優回來了，我會希望到時候家裡能有個人在。

「那我出去找一趟。」

「好喔，希望找得到。」

麻美說著就對我揮了揮手。

我衝出玄關，再度回到橋本的車上。

……妳到底在哪裡，沙優？

我咬緊牙關坐進車子，然後把想得到的地方，全都告訴了橋本。

當我心想不管怎樣，都非得把人找出來的時候。

忽然間，我的手機響了。

第13話 分享

「不知道那兩個人是怎麼了。」

代表董事原本在旁邊跟其他董事講話，大概是事情談完了，代表董事緩緩走向我的座位。

「不曉得耶……哎，他們那樣顯然是有急事。畢竟怎麼看都不像身體不舒服。」

儘管我心裡大致有數，然而內容並不方便告訴代表董事，因此就當面偏了頭。

「就是啊。」

代表董事帶著一如往常的悠哉語氣，點了點頭。看起來是沒有生氣，但這個人本來就屬於不會將情緒起伏顯露在臉上的那種人。對方內心會怎麼對那兩個人重新評估，就不得而知了。

「平常那兩個人工作其實都很認真，所以我猜大概是有什麼分身乏術的事情。之後我也會找他們講一講的……」

「啊啊……不必啦不必啦，沒關係。」

代表董事舉起一隻手打斷了我的話。

「畢竟我也知道那兩個人工作能力相當出色。之後妳管得太嚴，要是讓他們倆起意辭職的話可就不得了嘍。」

代表董事用悠哉的口吻說：

「既然有事情比工作要緊，就得讓他們先去處理。因為我還需要他們替公司打拚啊。」

「……說得也是呢。」

我自然地微笑，並且點了頭。

我想正是因為有這樣的代表董事帶頭，這間公司才都是些相對年輕的成員而一路成長過來吧。我的「執行董事」頭銜亦然，無論從年齡或性別來看，講給其他公司的人聽大多都會讓對方吃驚。

「那我差不多該收工嘍。後藤小姐，妳也要適度放鬆。」

「我想我也快下班了。您辛苦了。」

互相問候以後，代表董事就回到自己的辦公室。我目送對方直到看不見身影，然後才著手準備回家。

吉田會在接近下班時間的那一刻，臉色驟變地像那樣趕著回去，恐怕是沙優出了什麼事吧。視情況而言，也許會有什麼需要幫忙的事，因此我打算在離開公司後跟他聯絡看看。

「各位辛苦了。」

我打完招呼，比準時下班晚了一點才離開辦公室。

姑且拿了手機確認，吉田那邊並沒有特別跟我聯絡。

問題已經解決的話倒是無妨，如果仍未解決，有沒有我能幫上忙的呢？我心想。

感覺首要之務，還是要先試著跟吉田聯絡，我在走出公司大門以後，便準備打電話給他。

就在此時……

走出大門的我面前，站著一個曾經見過的女生。

穿著制服的沙優，就在那裡。

「啊，後藤小姐……」

「沙優？」

我交互看了自己的手機還有沙優，便暫且把手機收回包包，並走向沙優身邊。

「妳怎麼在這種地方？」

「請問，吉田先生還在公司裡嗎？」

「……你們果然沒碰上呢。」

「咦，妳說的『果然』是什麼意思？」

儘管我大感困惑，不過當事人顯得比我更困惑。

「妳有跟吉田說過要來這裡嗎？」

「午休時我曾試著打過電話，可是打不通……反正來公司應該就能見到面……我就興沖沖地跑來了，可是，我的手機卻在搭電車途中耗光了電量。」

聽她說到這裡，我覺得我似乎釐清事情原委了。

「總之呢，我先打電話給吉田。」

我嘆了口氣，然後告訴沙優。

「早在一個小時以前，吉田就變了臉色從公司早退嘍。我猜啊，他是跟妳聯絡不上才會心急吧？」

「咦？」

沙優驚訝得大叫一聲，因此我不禁笑了。

「總之，妳先在旁邊等等。」

我從沙優身邊稍微離開，並且打了電話給吉田。

『辛苦了，我是吉田。剛才實在很抱歉……』

「吉田，我找到沙優了喔。」

『咦？』

我忍不住把手機從耳邊拿遠了點。他們倆表現驚訝的方式一模一樣，有點有趣。

「她人在公司前面。感覺你們好像是錯過了。」

『怎麼會跑去公司前面……』

對此我也略感疑惑。

「總之讓沙優在這裡等著也怪可憐的，我先帶她回我家喔。畢竟外頭會冷。」

『好的，我明白了，對不起，給妳添了麻煩……咦，後藤小姐，妳要帶沙優到妳家嗎！』

我又被迫把手機拿遠。從喇叭還傳出橋本的笑聲。看來他們倆似乎在一起。

「我家離公司近嘛。之後我會傳地址過去，麻煩你過來接她。」

『是、是嗎……我明白了，非常感謝妳。』

傳來鬆了口氣的聲音，我自然而然地揚起嘴角。想必他是安心了吧。

「反正你應該連衣服都沒換就一直到處找人吧。你可以先回家歇口氣，換套輕便的裝扮再來接她。」

『……不好意思，感謝妳想得這麼周到。』

「那之後見嘍。」

我掛斷電話，並且重新面對沙優。

「好了，那麼在吉田過來接妳以前，先到我家去吧。」

「咦？可是……那樣不會給妳添麻煩嗎？」

「你們真的光會講類似的話耶。」

我忍不住笑了出來。

「沒關係啊，我們是朋友吧？」

我這麼說，然後牽起沙優的手，她便露出難以言喻的表情，接著，只對我點了一次頭。

*

「咦，那妳明天就要回北海道了嗎？」

我去了公司要見吉田先生，卻莫名其妙地跟他互相錯過，於是就碰見了後藤小姐，回神以後已經被她招待到家裡了。

妳跟吉田處得怎麼樣？面對後藤小姐提出的含糊問題，我心想彼此交換過聯絡方式，以交情來想也該把自己要回家的事告訴她才對，就對後藤小姐說了目前的狀況。

「……預定是那樣。吉田先生以為我在這種時間點不見了，因此焦急起來也是當然的……」

「好啦好啦，妳不用再介意那件事了。不對……我想妳還是道個歉比較好，畢竟他是真的在焦急。」

後藤小姐說的話，讓我覺得更難堪了。

聯絡不上會有人擔心，這種事情我應該體驗過好幾次了，卻偏偏在今天輕率地斷了聯絡直接跑到外頭，我覺得自己好慚愧。

「給妳，熱牛奶。」

後藤小姐把馬克杯擺到我面前。

她讓我坐在沙發，她本人則是捧著裝了即溶咖啡的馬克杯，就近坐到了沙發旁邊的地毯上。

「啊，這怎麼好意思，不用把沙發讓給我啦，我坐地板就好……」

「總不能讓客人坐地板吧。沒關係啦，妳坐。」

後藤小姐彷彿是要當面反對我說的話，還把腿貼在地板坐了下來。感覺繼續跟她爭也沒用，原本已經起身到一半的我，就再次在沙發上坐定了。

「……這張沙發好鬆軟喔。」

「對吧～放假時，我都賴在那裡不動呢。」

後藤小姐說著就樂得笑了出來。

「難得來一趟，妳放輕鬆嘛。」

「謝謝妳。」

後藤小姐說的話，讓我覺得緊張感似乎舒緩了一點，接著，我就喝了一口熱牛奶。身體從內側陣陣暖起來，還感覺到身體放鬆了。

「這下子，吉田會寂寞呢。」

後藤小姐發出了嘀咕。

「咦？」

我發出糊塗的聲音反問，而後藤小姐從鼻子呼氣笑了笑。

「我是指妳回家的話。他在家裡會落單吧。」

後藤小姐說的話，讓我變得有種說不出來的心情，就把視線從她面前轉開了。

「吉田先生他……會寂寞嗎？」

「當然會吧。每天一起生活的女生不在了耶？」

後藤小姐說得好似理所當然，我卻心想：真的是那樣嗎？

「……我不在，他會不會覺得清靜多了呢？」

我咕噥出這麼一句話，後藤小姐就明顯露出使壞般的表情，並且偏了頭。

「……妳真的那麼認為？」

後藤小姐的視線扎向了我。

「假如妳看過吉田以往的態度，還真心那麼認為的話，那倒是耐人尋味。反過來說，如果妳講的是違心之言，會讓人對妳的性格起疑呢。」

後藤小姐所說的話裡，含有幾分勸誡我的調調。不過，她也盡可能地為我設想，沒有營造出責備的氣氛。

我深深覺得，自己比不過這個人。

「要談到我是否真心那樣認為……我會說並沒有。我猜，吉田先生他……大概會寂寞吧……但是……」

「但是，我……有點不安。」

至於那樣的預感，是否完全信得過，我會說沒有那種事。

「對什麼不安？」

「或許我回去之後……吉田先生就會把我的事情全部忘記……一想到這裡，我就有點不安，更覺得難過。」

我如此說道，而後藤小姐眨了眨眼睛以後，就突然「噗」地笑了出來。

「妳、妳為什麼要笑呢？」

「沒有，對不起，不是那樣的。」

後藤小姐拚命忍住笑意，然後搖了頭。

「我是覺得，妳真可愛耶。」

「妳絕對是在騙人。」

「我沒騙妳喔。」

後藤小姐樂得笑吟吟地揚起嘴角，並且連連點頭。

「我覺得呢，就是因為年輕，才會有那種毫無根據的不安。」

「我認為沒那回事耶。」

「有喔。像妳這麼年輕，真好。」

「真是的，請不要捉弄我！」

我稍微大聲地抗議，而後藤小姐又哈哈大笑。

後藤小姐笑夠了以後，有幾分鐘的時間，我們倆都不發一語。

即溶咖啡的苦澀香味瀰漫在房裡。

「……所以，妳領悟了什麼？」

後藤小姐突然開了口。

「……妳說的『領悟』是指？」

我反問，而後藤小姐帶著溫柔的表情，補充了一句：

「我是指，嘗試蹺家以後，妳有沒有領悟到什麼？」

「領悟……」

我依序回顧，從蹺家以後發生過的事。

「比如說，每天都有飯吃是很棒的。」

「嗯。」

「比如說，有家可以睡覺真是美好。」

「呵呵……嗯。」

「還有……原來『女高中生』可以當成一種品牌。」

「……嗯。」

「還有……」

回神以後，我講話已經帶有鼻音了。察覺到自己又快哭出來，我拚命忍住眼淚。

「社會上，全是一些心術不正的大人……不過……不過……」

努力歸努力，眼淚還是盈落了。

「……在那當中，我發現……還是有真正溫柔的人。」

當我哭著說到這裡以後，後藤小姐就站起身，並且來到我所坐的沙發旁邊重新坐了下來。

接著，她牽起我的手，聲音溫柔地說道：

「妳領悟到了許多事呢。」

「……是的。」

我一邊吸鼻子一邊點頭，而後藤小姐拿了擺在桌上的面紙盒，默默地遞給我。

「謝謝妳。」

「不會～」

後藤小姐溫柔微笑以後，就在我擤鼻涕的這段期間，默默地喝著咖啡。

「我啊……」

後藤小姐嘀咕似的說道：

「也有蹺家過。」

表情好似在遙望某處的後藤小姐這麼告訴我。我看了她的臉龐，才重新感覺到，對方真是個漂亮的人。

「沙優，我跟妳一樣。在讀高中的時候，曾經長期蹺家。」

「妳跟家人……處得不融洽嗎？」

我問道，而後藤小姐靜靜地搖了頭。

「錯了喔，不是那樣的。並沒有什麼稱得上理由的理由。該說是年輕才有的煩惱嗎……怎麼說呢，當時就是忍不住會思考：『我身為我有什麼樣的存在意義呢？』」

後藤小姐說那些話，讓我有了莫名強烈的共鳴。我記得自己剛蹺家時，腦子裡也都圍繞著那些問題在思考。

「我覺得自己是個好無趣的人，就變得想做些跟別人不一樣的事。於是觀念徹底歪掉以後，我便離家出走了。」

後藤小姐帶著好似翻開相簿回憶的溫柔表情，還一邊凝望某處，一邊對我點點滴滴地道來。我想，在她的瞳眸裡，肯定已經想起了當時的光景吧。

「……有段不算短的往事，妳願意聽嗎？」

後藤小姐抬起視線，然後望向我。

「……請務必說給我聽。」

畢竟我已經讓後藤小姐聽我說了好多，而我也對她的往事單純感到有興趣。

我用雙手捧著裝牛奶的馬克杯，並且聆聽她訴說。

第14話
高中生

高中時的我思慮散漫，又缺乏自主性，儼然是個不踏實的小孩。

感覺從缺乏自主性這方面來講，或許現在也差不了多少，然而那時候的我，就是沒有自己的主見，連現在的我看了都會覺得無可救藥。

聽從別人的決定既輕鬆又好過，再說我也討厭深究事物。

因為我性情如此，課業成績維持得還算不錯，社團活動也是挑不太需要進行練習的靜態社團「閱讀社」加入，還當了幽靈社員。

到高中二年級為止，我都對那樣的自己毫無疑問，更感到滿足。不，我想我連自己「內心是否滿足」這一點，都沒有思考過。

而我對自己想成為怎樣的人有所疑問，是在高中二年級夏天。

當時，有個男生跟我相當要好……應該說，他跟我相當合拍。他跟我不同，屬於有話直說的那一型，儘管在班上略顯孤立，我卻很喜歡和那個男生講話。

他講話的內容有幽默感，我光是應聲就覺得相當開心。

既然要好到那種程度了，為什麼我們沒發展成戀愛關係呢？現在回想起來固然覺得不可思議，但我跟那個男生是在高中一年級時認識，後來都一直保持若即若離的朋友關

係。

而他在高中二年級夏天，曾找我討論將來的出路。

「其實，我打算從明年開始留學耶。」

聽他那麼一說，我目瞪口呆。

留學這個詞，帶著不太鮮明的真實感，在我的腦海裡打轉起來。

「你要去國外嗎？」

「嗯。我想到國外讀一年高中，然後就直接在國外讀大學。」

「哦……這樣啊。」

他說的事情太突然了，光是應聲就讓我分不出心思。

「好厲害呢，我覺得不錯啊，留學。」

我表示贊同以後，記得他就相當高興地對我這麼說：

「妳願意支持我嗎！」

那時候，我覺得自己是第一次，不想對那個男生說的話點頭。

我想自己能一直跟他相處，是因為我完全沒有自主性，相反地他就有的關係。

即使我不提供話題，他也能跟我談得開心。即使不花任何心思，跟那個男生講話也還是饒富趣味。在那一刻之前，我都完全沒有深思過，那個男生和自己的差異。

結果，我突然有種被他拋下的感覺。

他看起來好傑出，相較起來我又是什麼呢？我心想。

連自己決定些什麼都不會，盡是照著別人的吩咐做。

我突然覺得那樣的自己，很丟人。

於是，我突然輕舉妄動地冒出「對了，我憑自己的力量蹺家看看吧」的念頭。

如今回想，會覺得自己真傻。

我對父母聲稱「要到朋友家裡留宿」，然後在行李中塞了幾套可以輪流穿的衣服還有內衣褲，就離家出走了。

如此缺乏規劃的蹺家自然不可能順利，才第一天，肚子餓了就買東西吃，只能在街頭遊蕩的苦行便開始了。起初還感到雀躍，可是三分鐘熱度又沒有毅力的我，很快就習慣了那種脫離日常生活的狀況，盡是在介意腿痠之類令人痛苦的部分。

入夜後，體力透支的我就只能混進街上的人潮中，一邊靠在人行道的護欄，一邊茫然地杵著不動了。

乾脆回家吧，當我這麼想的時候，突然有人向我搭話了。

「欸，一個人嗎？妳長得好可愛耶。」

是搭訕。自己被三個明顯較年長的男性包圍住了。可以感覺到他們三個頻頻將目光

落在我的胸部，令人不舒服。

當我打算默默離去時，手臂就被三人當中的一個人牢牢抓住了。對方力氣很大，我想要開口尖叫，卻忍住了。

「用不著逃跑嘛。跟我們玩一玩啊。」

對方拋來似乎在漫畫中看過的老套邀約句子，令人感覺更不舒服。可是，有個比自己壯碩的男子抓著我，這樣的狀況讓我怕得不得了。

想拒絕卻又無法開口，連聲音都發不出來，當狀況演變至此時，那個人出現了。

「惠美，妳在做什麼？已經超過門禁時間了吧。」

從我後面出現的西裝男子，拍了我的肩膀。

那是不認識的男人。

「媽媽在生氣嘍。妳要趕快回家。」

「好、好的……可是……」

我察覺對方似乎有意幫助我，就設法擠出聲音。於是西裝男子瞪著那三個人說：

「你們找我家女兒有什麼事嗎？」

「沒、沒有啦……原來妳爸爸在啊。」

「走吧。」

他們三個明顯受了動搖，這才作罷離去。

西裝男子目送那三人離去以後，就轉而看向我。

「面對那種人要斷然拒絕才行喔。那我走了。」

西裝男子只交代完這些就準備離開，而我卻叫住了他。

「請聽我說！」

他回過頭，有些困擾似的問：「怎麼了嗎？」

當時我為什麼會有那種勇氣呢？到現在我仍覺得不可思議就是了。

那時候，我對著那名男子，是這麼開口的：

「我……沒有家可以回去。」

＊

起初那名男子明顯擺出嫌麻煩的臉，卻意外爽快地告訴我：「哎，那麼，妳先來我家吧。」

我請教對方叫什麼名字，他只說了「鈴木」這個姓氏。

鈴木先生好像經營了一間在學生之間有名氣的私人補習班，他有太太，還有個讀小

學二年級的孩子。

起初我走進鈴木先生家時，他太太非常訝異，還跟鈴木先生稍微起了口角，鈴木先生卻表示：「讓她留到情緒冷靜下來為止吧。」就說服了太太。

現在回想起來，他承擔了莫大的風險，那時的我卻沒多做思考，還覺得「讓好人撿回家了呢」。

我在那個家，悠哉地住了約一個月。

鈴木先生的太太人很好，跟她一起做菜，或者幫她做家事都相當開心。那個讀小學二年級的男生，也跟我相當親暱，我們會一起玩、一起洗澡，處得很要好。

那些體驗對於身為獨生女，父母又都忙著工作的我來說，是不太有機會經歷到的事情，因此那一個月真的很充實。

只是，我愚蠢的地方在於，那時候，我愛上了鈴木先生。

我不記得起因是什麼了。倒不如說，或許是初次見面時那種脫離日常生活的情境，讓我對他有了如此的情愫。

鈴木先生相當英俊，又充滿幽默感，還相當溫柔。為人方面無可挑剔，在補習班的學生之間也大受歡迎，這是我聽他太太說的。

我在跟他同住的一個月之間，變得越來越喜歡他了。

可是，他已經結婚成家，也有了孩子。我清楚鈴木先生和太太感情相當融洽，而且我好幾次在半夜醒來，他們都有發出「正在做那種事情」的聲音。

儘管我對鈴木先生的感情日漸增長，但我也很喜歡鈴木先生的太太，我想就算撕破嘴也無法將自己對他的情意說出口吧。忍著不將初戀的熱情洩露出來，是相當痛苦的。

於是，在經過一個月以後，情況突然有了改變。

夜裡醒來的我，走出了自己借住的房間，正要到客廳旁邊的洗手間時，從客廳就傳來了鈴木先生和他太太的交談聲。

「……已經有人在亂傳謠言了吧。我覺得，總不能永遠像這樣拖下去唷。」

「我明白，但就算那樣也不能突然把人趕出去吧。」

「要是不盡早說一說，引導她回家……或許，連我們的人生都會賠上去唷。畢竟她的家屬都已經發出尋人啟事了。」

聽見他們倆的對話，我急忙回到了自己房間。

我打開借給我當消遣用的筆記型電腦，然後在自己的名字後面，加上「尋人啟事」進行搜尋，附有大頭照的尋人啟事就顯示出來了。

突然間，我感到害怕了。

他們會提到「有人在亂傳謠言」，也許就是諸如「鈴木先生帶了女高中生回家」的

流言蜚語，我如此心想。一旦開始思考，負面的想像就停不下來。

我應該是為了追求不平凡才蹺家的，一回神才發現自己根本已經滿足於鈴木先生家所提供的「安穩」，我感到羞恥。

再繼續待在這裡的話，難保不會真的毀掉鈴木先生他們的人生，如此心想的我，當天一早就在房間裡留了信，並且從鈴木先生的家離去。

＊

「回家以後，我當然被狠狠罵了一頓呢。在人生中像那樣挨罵的經驗，也就一次而已。」

後藤小姐樂得笑了笑，然後告訴我：

「那一個月之間，我都是在外頭認識的善心女子家裡留宿，跟父母這麼解釋以後，也受到了嚴重懷疑……我花了好久才讓他們信服……哎，也沒有什麼信不信服啦，都是謊話。實際上父母到底有沒有相信那套說詞，連我都是存疑的。」

後藤小姐說到這裡，就深深地嘆了氣。

「……所以嘍，雖然時間不像妳那麼久，但是我在高中時也有蹺家過。」

後藤小姐把目光轉向我這邊，然後盯著我看。

「而且我既沒有談到戀愛，也沒有培養出自主性……只學到『自己什麼事都做不了』，就回到家裡了。」

她如此說著的眼裡，明顯浮現了一股黯淡的情緒，我感覺到胸口揪緊在一起。

「想要的東西得不到。我只好做自己能力所及的事，就這麼活下去……我養成了這種觀念。從那時候開始。」

「原來……是這樣啊。」

我嚴肅地回應，而後藤小姐好似要打破那種氣氛，發出了開朗的嗓音。

「哎，話雖如此，之後我是有變得成熟一點啦，我自己認為。跟先前比起來，深思熟慮多了。」

後藤小姐說完，就帶著微笑喝下一口咖啡。

「不過……我同時也變得非常自卑，而且膽小。」

後藤小姐如此補了一句，然後又露出好似在凝望遠方的眼神。

該不該跟她搭話呢？當我猶豫時，後藤小姐倏地抬起目光，我的視線就和她的視線交會了。

「沙優，等妳回家以後，一定也會有所察覺。畢竟讀高中的女生經歷了像這樣的大

冒險啊，我敢說……妳絕對會有改變才對。」

後藤小姐盯著我的眼睛，並且說道：

「我覺得身為高中生，就是那麼特別的事情。無論在好的方面……或壞的方面。」

話說到這裡，後藤小姐牽了我的手。

「蹺家後，我也一直在想……『高中生』的身分，真是令人心煩。我曾經希望……自己可以趕快變成大人。」

面對後藤小姐所說的話，我在內心點頭。

我覺得「高中生」這個身分，也讓自己折騰了好久。我沒辦法跟那些光鮮亮麗的高中生混熟，還失去了第一次交到的朋友，逃避到後來，又利用了「高中生」這個品牌……不過，就因為我是高中生，所以沒辦法憑一己之力活下去。

當我思索這些時，後藤小姐疊在我手上的手就用力緊握了。我的心思隨即回到她所說的話。

「不過那對妳的人生而言，是相當重要的一環，更是不能捨棄的事實喔。」

後藤小姐依然望著我的眼睛，緩緩地如此告訴我。那種眼神，感覺是在向人傳達真正寶貴的想法時，才會有的熱切眼神。

「不要緊，現在已經有人站在妳這邊了吧。」

我感覺到後藤小姐說的話，逐漸滲透進我的心房。

有人站在我這邊。

「要做心理準備固然是可怕的……不過，妳還是得回去才行。」

後藤小姐的視線跟我的視線相互交會，她話裡的熱忱越來越高，打動了我的心臟。

「妳還是要……變回高中生才行。」

回神後，淚水已經湧出來了。一時之間，我不明白自己為何會熱淚盈眶。

我並不是覺得悲傷。

沒有錯，我想，這肯定，是因為高興的關係。

「我……」

我一邊感覺到眼淚撲簌簌地沿著臉頰流下，一邊說道：

「……我依然，是個高中生呢。」

「嗯。」

「我還可以當高中生，對不對……」

「可以喔。」

後藤小姐溫柔地摟住了我。

回神以後，我已經放聲哭了出來。

＊

「哎呀，你們比想像中要早嘛。」

「我趕過來的。」

「飆車的可是我耶……」

抵達後藤小姐的家以後，穿家居服的後藤小姐與穿制服的沙優，便出來迎接我和橋本了。

一見到沙優，我先是安下心，然後就湧上了怒火。

「沙優，妳怎麼會跑去我的公司……！」

「她是說，她想看看你上班的公司，再順便跟你一起回家。」

後藤小姐打斷了我的話說道。

「咦？」

「所以啦，她本來是想跟你一起回家的。」

「沙優想要那樣？跟我？」

我反問，而後藤小姐旁邊的沙優有些臉紅，只點了一次頭。隨後，她就對我低頭道歉了。

「吉田先生，對不起，害你聯絡不上我。我的手機電量耗光了。」

「……哎，算了……沒關係啦……」

我頓時感到乏力，明明有後藤小姐看著，我卻當場蹲到了地上。橋本在旁邊哈哈大笑。

「妳就是沙優嗎？我一直都有聽吉田提到妳喔。」

橋本向沙優搭話，而沙優也點頭致意，並且回答：「我也有聽吉田先生提過你。」

「她比聽說的還可愛耶。」

「喂，你少亂講話。」

「我又沒講什麼不得體的話。」

原本還在打趣的橋本忽然拍了我的背。

「所以說，你那件事呢？我覺得趁現在講比較好喔。」

受到橋本催促，我嘆了一口氣，抬起臉孔。

「後藤小姐？」

「咦？」

我凝視後藤小姐，把該講的話整理出頭緒。

接著，我慢條斯理地說了出來：

「請問，能不能讓我請有薪假……三天就好。」

我說道，而後藤小姐一瞬間曾露出困惑似的臉色，卻又立刻換成了警覺的表情。

「……你該不會打算從明天起，連請三天假吧？」

後藤小姐瞇了眼看我，但是正如她所說。

「……我明白這有難處，不過還是——」

「唉……」

後藤小姐露骨地嘆氣，打斷了我的話。

所謂有薪假並不是前一天或當天說請就能請的。本公司要在一個月前，要不然最遲也得在幾週前先申請才可以。明知是強人所難，我仍然拜託了對方。

她將視線落到地面上，並且像是在按太陽穴一樣地摸了幾次自己的頭。

接著，後藤小姐倏地抬起臉，隨即就露出了使壞般的笑容。

「唉，你要請假也不是不行？我還可以宣稱：『你之前就提過，是我自己不小心忘了～』」

「真、真的嗎！」

「不～過～呢～」

一晃眼，後藤小姐把臉朝我湊了過來，讓我為之心動。

「你回來以後，起碼要請我吃一頓美味的肉吧。」

「啥……」

我狀似糊塗地從喉嚨冒出一口氣。

「不用說，那當然好啊……」

「就這麼說定嘍，我會設法幫你辦妥。所以吉田的那份業務可以交給橋本嘍？」

我回答以後，後藤小姐就爽快地進一步談起細節。

「唉，我會接手啦，不過一個人接太吃力，所以我會拿捏一下讓遠藤或小池幫忙分擔。還有三島也要算進去。」

「我明白了。只要不影響到進度，你們要怎麼處理都無妨。」

後藤小姐點頭，並且使勁拍了我的肩膀。

「所以嘍，吉田，你可要好好地……」

後藤小姐把話斷在這裡，接著，她忽然把我的耳朵拉到了嘴邊。

「幫助完沙優再回來，有始有終。」

被她在耳邊細語，我感覺全身汗毛直豎。

不過，她講的內容對我來說，聽了實在很欣慰。

「……好的，我會努力跑這一趟。」

我點頭，而後藤小姐嫣然一笑，從背後推了沙優。

「那麼，既然吉田已經來接妳了，妳跟他一起回去吧。」

「……非常感謝妳。」

沙優深深地低頭答謝，後藤小姐就動作溫柔地摸了摸她的頭。

「將來，我們再找機會一起聊聊。」

後藤小姐說話的語氣十分溫柔，沙優則變得有些淚汪汪地回答：「好的。」

「辛苦妳了，後藤小姐。」

橋本對後藤小姐低頭以後，她舉起了一隻手，率性地對我們揮了揮手。

我也跟著致意，然後先讓沙優坐上後座，自己再坐上副駕駛席。

橋本將車駛離後，在後照鏡上，映出了朝我們這邊揮手的後藤小姐。

「這趟是送你們到家對吧。」

橋本確認似的說，因此我點頭。

「對啊……你真的幫了大忙。謝啦。」

「沒關係。下次你也會請我吃碗拉麵之類的吧？」

「那還用問。」

「配料統統都要加喔。」

「麵也可以點大碗的啦。」

我們倆說著，就朝彼此笑了起來。

沙優她待在後座，坐姿顯得有些不自在，然而幾分鐘過後，她大概是累了，就打起瞌睡了。

「真是個普通的女孩。」

「……對啊。」

橋本喃喃說道，因此我就緩緩地點了頭。

經過幾秒鐘的沉默，橋本告訴我：

「……你這一趟要加油喔。」

橋本屬於不太會叫別人加油的那種類型。即使如此，唯獨這一次，我覺得他是努力要求自己說出來的。

我一邊感受到心坎裡有股熱流湧現，一邊用力地點了頭。

「是啊。」

後來，一直到抵達我家為止，車上所有人都沉默不語。

第15話 約定

「啊，找到沙優妹仔啦？太好了……」

我們一回家，麻美就衝了出來，把沙優抱個滿懷。

「吼～～妳太令人擔心了啦。」

「抱歉……謝謝妳。」

我把嬉鬧的麻美和沙優擱在一邊，匆匆走進客廳，然後從衣服口袋裡掏出了錢包和手機之類的雜物。

「麻美，感謝妳留在這裡。」

「哎，反正只是小事一件嘛。」

麻美咧嘴笑著豎起了拇指。

「但是我再不回去的話，家前面的大門就會完全關起來讓我吃閉門羹啦，得趕緊回去嘍！」

麻美說著就慌慌張張回到客廳，把原本攤在桌上的參考書一類收進肩背包，然後又急急忙忙地跑向玄關了。

「那晚安嘍～！再見！」

「等一下！」

麻美跟往常一樣準備回家，沙優就用了比平時還大的聲音把她叫住。

「怎麼啦？」

麻美瞪圓眼睛看了沙優。我覺得，她似乎有點刻意。麻美肯定是心裡明白，才會擺出這樣的態度。

「呃……明天，我就要回去了……所以說……」

沙優表現得扭扭捏捏，像是在挑選用詞一樣地把目光落到了地板。

「那個……麻美，我受了妳非常多的照顧……所以……謝——」

「沙優妹仔！」

「是！」

對方突然大聲叫道，讓沙優蹦也似的回了話。

麻美咧嘴一笑，緩緩地牽了沙優的手。

「我們還會再見面的嘛。」

麻美毫不感傷地這麼告訴她。

「聯絡方式已經交換過了，往後的人生一樣會繼續……就這樣嘍。所以說，我覺得呢……」

麻美的目光在半空游移以後，嘴角就笑吟吟地上揚了。

「『謝謝』這種讓人聽了難為情的詞……妳可以等下次見面時再講啦。」

麻美說那些話，讓我感覺到她有她的溫柔，心坎裡就暖了起來。

沙優的心境似乎也一樣，所以，她在吸了吸鼻子之後——

「嗯！」

就毅然地這麼答道。

「那麼……」

沙優和麻美目光相接。

「下次見。」

然後，她們倆同時，這麼告訴彼此。

＊

「我關燈嘍。」

「嗯。」

我們倆都準備好要就寢，我坐在床鋪，沙優則是坐在墊被上面。

我關掉客廳的燈，然後回到了自己床上。

鑽進床鋪，我發現自己跟平時相比，內心莫名忐忑。

原因我心知肚明。

今晚是我在這個家，跟沙優度過的最後一夜。

明天一離開這裡，沙優應該就不會再回來了吧。

沙優也不會再叫我起床。起床後既沒有準備好的早飯，襯衫的皺痕也不會燙平。

我又要回到，一個人的生活。

明明用言語來敘述就簡單明瞭，卻不太具有真實感。

明天，沙優要回北海道了。

「吉田先生。」

從被褥傳來沙優的聲音，我感覺到自己的意識回歸現實。

「怎樣？」

我開口反問，便有了幾秒鐘的沉默。

「沙優？」

我再一次開口問她，從被褥那邊，就聽見了沙優翻身蠢動的聲響。

「……我可以去你那邊嗎？」

她那句話，讓我的腦子一瞬間停止了。

因為在同間屋子生活了幾個月，沙優第一次講出那種話。

「有什麼關係嘛，至少在最後……吉田先生，反正你又不會侵犯我。」

「……可以是可以啦，不過為什麼？」

「唉……我是不會啦。」

含糊回話的我既沒有說「好」，也沒有說「不行」，沙優就爬出被褥，還當真上了我的床。

「你再靠過去一點。」

「好、好啦……」

沙優躺到我左邊，然後深深地吐了氣。沙優的呼吸聲聽起來比平時更近。

「……雖然我們都住在一起，睡得這麼近還是第一次呢。」

沙優說道。

「是啊。」

我回答，而沙優突然嘻嘻地笑了出來。

「怎樣？」

「沒有，我只是覺得好怪喔。」

「哪裡怪？」

我問道，沙優就轉過來我這邊，看了我的眼睛。

這時候眼睛已經適應黑暗了，因此沙優的臉看起來真的好近。

「到別人家留宿時，我都是在幾天之內，或者當天就會跟對方睡得更近。倒不如說，彼此都疊在一起了。」

「怎、怎麼忽然說這些繪聲繪影的話。早叫妳把那些傢伙都忘了啦。」

我一邊這麼說，一邊往牆邊移動以便跟沙優保持距離，沙優就哈哈笑了出來。

「別離開嘛，我不會亂來的。畢竟做了就會被趕出去啊。」

「說得對，不用等到明天，我直接趕妳走。」

「那就傷腦筋了耶。」

沙優又嘻嘻地笑了一笑，然後，我離得有多遠。她就翻身拉近了多少距離。於是，沙優直接把臉埋進我的胸膛，摟住了我。

「喂，沙、沙優……」

「一下下就好。」

沙優說道。

「讓我像這樣一下下就好。」

透過身體互相緊貼，我能明白沙優的身軀正微微地發抖。

「……妳怎麼了？」

我問道，而沙優依然把臉埋在我的胸膛，還以細細的聲音告訴我：

「我果然……還是會怕。」

「……這樣啊。」

「要從這麼溫柔的空間離開，會讓我害怕。」

「……也對。」

距離突然拉近雖使我疑惑，不過在我懷裡的沙優，到底只是個孩子。

總算適應的環境又即將改變，讓她有所遲疑，更令她生怯。

「吉田先生。」

沙優喃喃地說道：

「假如有吉田先生當爸爸的話，我會不會規規矩矩地長大呢？」

那句話，讓我感受到胸口被人揪緊般的痛楚。

聽沙優及一颯訴說往事，我心裡就想過好幾次。假如我是這孩子的監護人，絕對會更加愛惜她的。如此的想法，在思緒中一再反覆。

然而……

「我……並不是妳爸爸。」

我忍著胸中的痛楚這麼回答，於是沙優擁抱我的力道就變強了一點。隨後，她在我懷裡——

「嗯，我知道。」

如此點了頭說道。

而我，也戰戰兢兢地把手繞到了沙優背後。接著，我緩緩將她抱緊。

「對妳而言，充其量，我只能當個暫時的歸宿。」

「嗯……既溫柔又溫暖，好到沒有人能比的歸宿。」

「……那就好。」

我稍稍加強了擁抱沙優的力道，並且告訴她：

「既然這個歸宿好到沒得比，最後我要提供一點服務。」

「……什麼服務？」

沙優的頭在我懷裡蠢動以後，看向了我的臉。

我用目光與沙優面對面地相互交會，然後說道：

「我要陪妳一起，去見妳媽媽。」

「……咦？」

「妳一個人會怕吧。我要照顧妳到最後。」

「咦？那、那麼，你剛才提到要請有薪假——」

我點頭。

「為了妳請的。妳居然沒發覺嗎？」

我認為從對話的走向是可以聽出來的，沙優卻好像完全沒發覺。

沙優朝我的眼睛看了好幾次，還反覆將目光轉開，然後她又把頭埋進了我的胸膛，力道猛得像是一記頭槌。

「好痛！」

沙優使勁地用頭朝著我的胸口猛蹭。

雖然非常痛，至少我可以感覺出，她是在高興。

沙優突然停下動作，朝我嘀咕了一句：

「……吉田先生，謝謝你。」

光聽那句話，我就覺得心坎裡莫名滿足。

「……不客氣。」

我毫不敷衍地這麼回答。

一回神，摟著我的沙優已經開始發出鼾聲了。連續好幾天都在思考事情，想必她也累了。

我慢慢地把沙優從自己身上扒開，並且讓她仰臥，還幫她蓋了被子。

接著，我稍微拉開距離，同樣用仰臥的姿勢躺下來。

明天，沙優就會離開這裡。

而且她非得面對一度逃避的過去，並思考未來的事。

我在一開始就講過了。

「我會讓妳待到那個愛撒嬌的個性改善為止。」

為了不違背自己所說過的話，我要盡己所能，直到最後一刻。

我想，得要走到那一步。

大叔跟女高中生的奇妙同居生活，才總算能迎來實質上的完結。

後記

初次見面，我是しめさば。

我是個勉勉強強在網路上寫作的人。甫一留神，已經得以有幸出版第四集，因此我想差不多該停止戰戰兢兢地寫後記了。雖然我停不住。

記得在推出第三集時，我是將二〇一八年夏天的事寫成後記，而這本書出版上市也正好是在夏天。從第三集後記的內容算起來就是兩年過後的夏天。

在這段期間，我已經搬出老家，目前住在兩房兩廳一廚的公寓。

由於是兩房兩廳一廚的格局，家裡含客廳在內共有三個房間，然而考慮到房間位置與布置，我便把其中一個房間當成電腦室——亦可稱為工作室——來使用了。

我搬家是在二〇一九年的冬天。屬於寒冷的時期，不過二〇一九年冬天——我所居住的地區——倒是沒有多冷，在房裡即使衣服穿好仍會覺得冷的時候……開個電暖器就勉強能禦寒了。

因為忙東忙西的關係，我在搬家當時始終沒有察覺「某件事」，住在新居光是滿心

歡喜地想著「哎，舒適舒適」，半年就過去了。

至於那所謂的「某件事」……我想洞察力強的讀者已經發現了，沒有錯。我的電腦室裡，「又」沒有裝空調了。

缺乏學習能力到這種地步。

我又即將在沒有空調的情況下，進入二〇二〇年的夏天。之所以如此。

住在老家的時候，空調只是「沒買」罷了，並非無法裝設。

然而我目前住的房間，居然連空調散熱管要通過的孔都沒有預留……令人費解的地方在於，房間天花板卻有個供空調用的插座……怎麼一回事啊？——因此，就算要買空調，我也得向管理公司請教是否能在牆上打孔……由於有這層因素，裝設作業也就一再落於被動而遲遲沒動工。

目前我晚上會打開電腦桌旁邊的窗戶，設法克服暑氣，要是到了入夜也會悶熱的時期，我有預感屆時就真的難熬了。

寫這篇後記大約是在梅雨季的時候，當這本書送到各位手裡時，我房間裡會有空調嗎……？

希望會有呢。

那麼，換個話題。

COVID-19讓整個社會變了樣。

身邊的人，以及知名人士因而過世；經濟運作陷入麻痺；喜愛的店家倒閉關門……播報的盡是令人難過的新聞，漫長的居家自律期間教人窒息，愁雲慘霧的氣氛正在蔓延，這些我都有感受到。

然而，當大家開始習慣居家自律以後，反而也藉此發現「以往工作得賣力過頭了呢」、「待在家裡讓自己多了新的興趣」等，諸如此類的正面感想，也零星地開始看得見了。

足以改變社會氛圍的重大變故，在人生中會發生幾次，是無法事先得知的。

或許往後還會發生好幾次，也或許只有這麼一次。

所以我認為，每個人若是可以一邊思考，自己在這段期間能做些什麼……要怎麼做才會變得美好……一邊以快樂的心態，來發掘對自己而言有意義的時光，那便再好不過了。

往後回顧的時候，要是能在那段艱苦的時期中，找到任何一項寶物的話，我想那在人生中，應該會成為相當難以取代的回憶。

其實我本來想避免在後記談及時事性質的話題，不過，我也起了念頭，想與自己的作品連同「那時候所發生的事」一併做個紀錄，便寫下了這樣的記載。

若是這段話，能留在某位讀者的心裡，並且在將來與這本書一同成為回憶，我想那會是相當幸福的事情。

接著要致上我的謝詞。

首先，請讓我對參與這次執筆作業的兩位編輯道謝。S編輯、K編輯，感謝您們。

S編輯的笑容十分迷人，同時也很恐怖，多虧那帶有兩面性的笑容，我才能硬著頭皮工作。希望還有機會能與您共事。

K編輯總是積極正向，即使我的心靈一蹶不振，也能開朗地給予我支持。感謝您。往後還請多多指教。

然後，急遽接下封面插圖，以及內頁插圖繪製工作的足立いまる老師，誠摯感謝您。您平時已忙於處理漫畫版的改編工作，卻還撥冗為小說操刀插畫，實在感激不盡。後藤小姐（高中生）的插圖出爐時，我雀躍了一陣子。

負責角色原案的ぶーた老師，我對您一向心存感激。多虧有您賦予吉田、沙優以及其他角色生命，眾多讀者才能見到他們。無論如何，他們都是您筆下所畫的角色……我始終這麼認為。

還有，肯定比我更認真地閱讀本文的校對人員，以及參與本書出版作業的所有相關人士，我由衷向各位致上謝意。感謝大家。

最後，願意取閱至第四集的讀者朋友們。讓各位等了這麼久，實在是萬分抱歉。往後我仍會繼續努力創作讓各位讀得開心的作品，若讀者朋友們還願意繼續見證吉田等人的故事，便是萬幸之至。離結局快了。

但願我所寫的故事能夠再次和各位邂逅，同時容我結束這篇後記。

しめさば

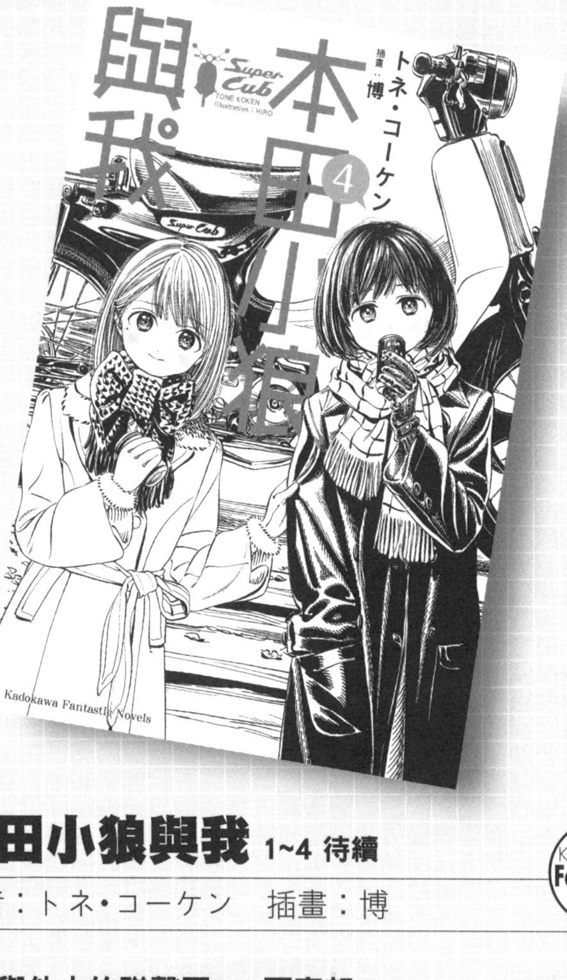

本田小狼與我 1~4 待續

作者：トネ・コーケン　插畫：博

小熊與他人的聯繫因Cub而牽起
被機車改變的人生將重新定位它的意義

畢業腳步逐漸逼近的高三冬天。小熊無視為跨年活動雀躍不已的世界，打算獨自迎接寒假來臨。這時，出現一位有意延攬小熊的機車快遞公司社長浮谷，於是開始新的打工。小熊原本一無所有，也沒有朋友和興趣，然而Cub卻為她帶來了人與人之間的聯繫。

各 **NT$200/HK$65~67**

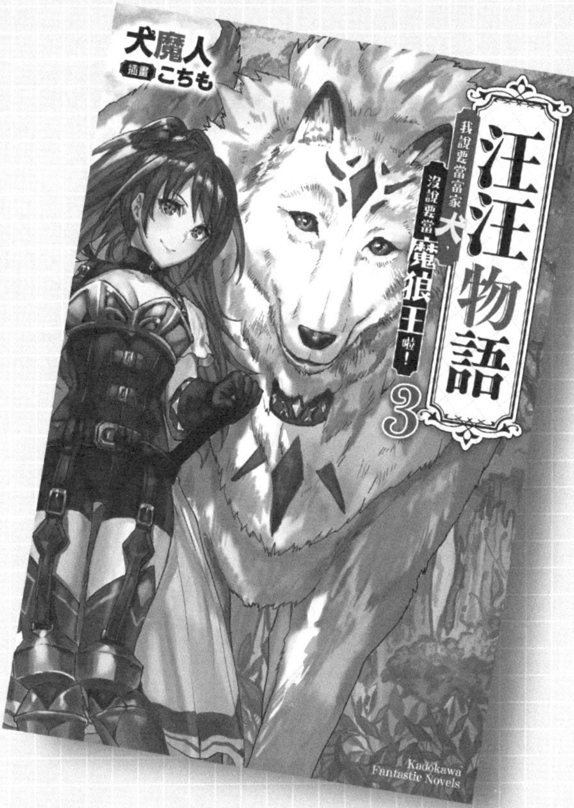

汪汪物語～我說要當富家犬，沒說要當魔狼王啦！～ 1~3 待續

Kadokawa Fantastic Novels

作者：犬魔人　插畫：こちも

步步逼近的喪屍身上散發出魔王軍的氣息——？
今天也鬧哄哄的「芬里爾」轉生奇幻故事，第三彈！

洛塔如願以償轉世成為富家犬，一封宣告要劫走宅邸寶物的預告信，卻忽然闖入牠悠閒自在的寵物生活！然而，闖進來的卻是可愛的精靈三姊妹，她們背後似乎有什麼苦衷？最近田裡也出現了蔬菜小偷，意外地輕易抓到了犯人……其真面目竟然是骸骨馬！

各 **NT$200~220/HK$67~73**

因為不是真正的夥伴而被逐出勇者隊伍，流落到邊境展開慢活人生 1~4 待續

作者：ざっぽん　插畫：やすも

身負宿命的妹妹&選擇脫離職責的兄長——
曾背負世界命運的兄妹即將展開嶄新的幸福慢生活！

露緹離開勇者隊伍後，人類最強的英雄們紛紛追著她來到邊境佐爾丹的遺跡。艾瑞斯為了實現自己的野心而意圖把露緹帶回去，當他與雷德再次相會後，終於引爆全面對決！拒絕當一名有義務拯救世界的「勇者」，因露緹而起的戰端將會如何收場？

各 **NT$200~220/HK$70~73**

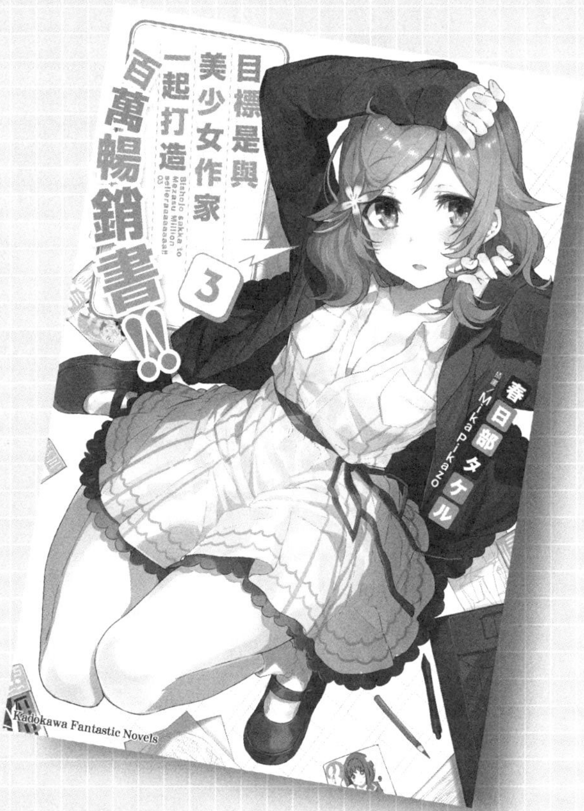

目標是與美少女作家一起打造百萬暢銷書!! 1~3 待續

Kadokawa Fantastic Novels

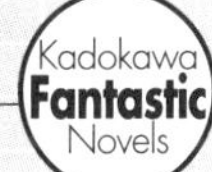

作者：春日部タケル　插畫：Mika Pikazo

身為一名專業人士，要保持絕對的公私分明——
即使如此，我還是無可救藥地喜歡黑川先生。

在雛的天然呆與陽光的傲嬌連發之下，清純被兩人折騰得團團轉，同時仍一步步朝著百萬銷量的目標前進。然而，網路上莫名流出「天花與清純交往中」的八卦謠言，讓清純面臨責任編輯位置不保的危機！

各 **NT$200~220/HK$65~73**

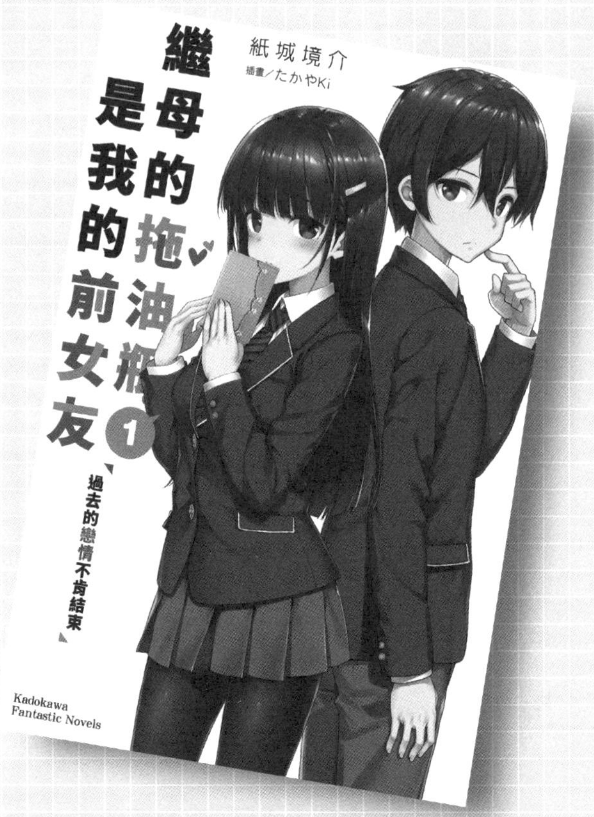

繼母的拖油瓶是我的前女友 1 待續

Kadokawa Fantastic Novels

作者：紙城境介　插畫：たかやKi

在一個屋簷下展開的，
甜蜜卻又讓人焦急喊救命的戀愛喜劇！

即將升上高中的水斗與結女才剛分手，馬上以意想不到的形式重逢——爸媽再婚對象的拖油瓶，居然是前任！前情侶顧慮到爸媽的心情，說好了必須遵守「誰把對方看成異性就算輸」的「兄弟姊妹規定」，然而同住一個屋簷下，無法不注意對方的一舉一動!?

NT$220/HK$73

涼宮春日的直覺

作者：谷川流　插畫：いとうのいぢ

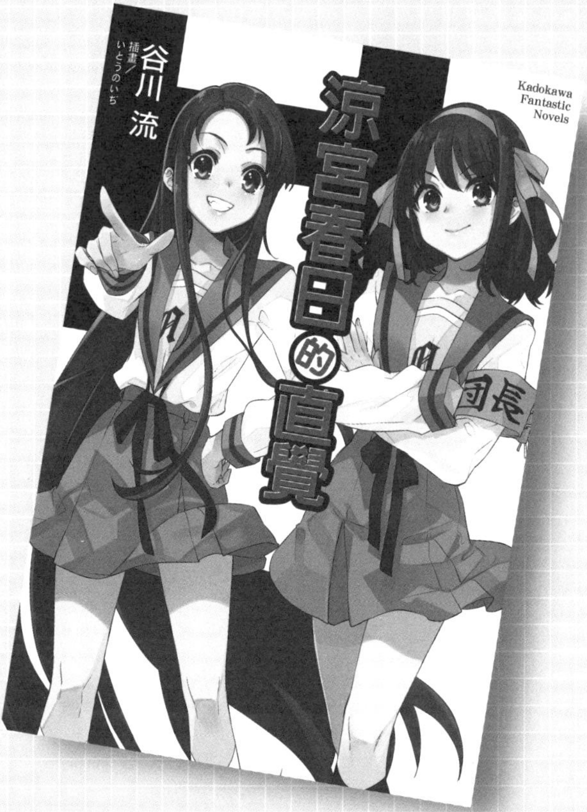

睽違9年半的涼宮系列最新刊！
輕小說界最強女主角涼宮春日重磅回歸！

都升二年級了，涼宮春日也一樣異想天開。一下帶領SOS團想走遍全市神社作新年參拜，一下想調查根本不存在的北高七大不可思議，此外，鶴屋學姊還從國外寄來了一封神祕信件，向SOS團下戰帖？天下無雙的超人氣系列作第12集震撼登場！

NT$280/HK$93

國家圖書館出版品預行編目資料

刮掉鬍子的我與撿到的女高中生/しめさば作 ;
鄭人彥譯. -- 初版. -- 臺北市 : 臺灣角川股份有
限公司, 2021.01-
　冊 ;　公分. -- (Kadokawa fantastic novels)
譯自 : ひげを剃る。そして女子高生を拾う。
ISBN 978-986-524-202-2(第4冊 : 平裝)

861.57　　　　　　　　　　　　109018349

Kadokawa
Fantastic
Novels

刮掉鬍子的我與撿到的女高中生 4

（原著名：ひげを剃る。そして女子高生を拾う。4）

2021年2月4日　初版第1刷發行
2021年5月12日　初版第2刷發行

作　　者：しめさば
插　　畫：足立いまる
角色原案：ぶーた
譯　　者：鄭人彥

發 行 人：岩崎剛人
總 編 輯：蔡佩芬
編　　輯：邱瓈萱
美術設計：宋芳茹
印　　務：李明修（主任）、張加恩（主任）、張凱棋

發 行 所：台灣角川股份有限公司
地　　址：105台北市光復北路11巷44號5樓
電　　話：（02）2747-2433
傳　　真：（02）2747-2558
網　　址：http://www.kadokawa.com.tw
劃撥帳戶：台灣角川股份有限公司
劃撥帳號：19487412
法律顧問：有澤法律事務所
製　　版：巨茂科技印刷有限公司
ISBN：978-986-524-202-2